KB201157

김종학의 편지

화가 아버지가 딸에게 보낸 그림편지

김종학 글· 그림

청산은 나를 보고 말없이 살라하고
창공은 나를 보고 티없이 살라하네.
탐욕도 벗어놓고 성냄도 벗어놓고
물같이 바람같이 살다가 가라하네.

고려말 때 큰 스님 나옹의 시다.
내 마음에 꼭 들어 외우고 있단다.
나도 그렇게 살다가 가련다.

사랑하는 현주야

네가 간 지 벌써 두 달이 넘었구나. 무척 보고 싶다.

영어회화가 많이 늘었겠다. 공부도 열심히 하고, 운동도 부지런히 하고, 하지만 가장 중요한 것은 건강이다.

토, 일요일에는 외출이 있는지… 있다면 한국 교회에 가서 기도도 하고 한국 사람 만나서 한국말 실컷 해보는 것도 마음의 고독을 푸는 한 방법이 된다.

네 일주일 생활을 아빠는 소상히 알고 싶구나. 아빠도 미국 가서 2년이나 살아봐서 아는데 편지 오는 게 그렇게 반가울 수가 없단다. 너도 자주 편지해서 편지 많이 받도록 해라. 그럼 잘 있어.

사랑하는 홍석아

아버지는 그림 밖에 그릴 줄 몰라 미술대학을 나와 고생하다가 너의 어머니를 만나 결혼했고 현주, 홍석이를 낳아 길렀지. 하지만 돌이켜 보면 아버지가 네게 해준 일이 별로 없어 편지로나마 너와 대화하고 싶구나. 홍석이는 어떤 편지를 쓸까 기대된다. 공부에 방해되지 않게 잠시 쉴 때 엽서라도 아니, 너의 수채화가 그려진 편지를 받았으면 한다.

一九九二年

우선 조그마한 수채화 먼저 보낸다.
큰 수채화는 다음에 보낼게.
매일 아침 일찍 일어나 수채화를 먼저 그리고 또 편지도 쓰며 시간을 보낸다.
현주도 매일 계속해서 조그마한 수채화라도 그리는 습관을 길러라.

아버지는 어제 일본서 돌아와 지금은 제주도 바다가 보이는 호텔에서 너에게 편지를 쓰고 있다. 한 잔하고 편지를 써서 제대로 쓰고 있는지 모르겠구나. 아버지는 오는 오월에 부산에서 또 개인전이 있어 오늘 저녁 6시 비행기로 부산에 간다. 장소를 보고 큰 그림 한 점 멋있게 그려볼까 한다.

요즘 그림이 막 쏟아지고 있다. 이럴 때 많이 그려야지. 그림이랑 연애하는 것 같아. 그림은 자기만 좋아하기를 바라는 처녀 같아서 열심히 사랑해야 방긋 웃는 모습을 보여준단다. 미술의 길은 어려우나 오십이 넘으면 이 일처럼 즐거운 일도 드물 거야.

Kim.OH

차가운 밤하늘과 초승달, 별빛 밑에서 맨손 체조를 하면서 하나님께 올해는 홍석이가 열심히 공부해 원하는 대학교에 꼭 입학하게 해달라고 빌어본다.

아버지는 내 생애에 제일 열심히 그리고 있다. 아빠는 30, 40대 너무 방황해서 남겨둔 작품이 별로 없어. 요즘은 무언가를 그리고 싶다는 확고한 세계가 있어서 하루에도 두 장, 세 장씩 마구 그린다. 앞으로 4년 후면 환갑인데 그 때 큰 회고전을 가질 계획이어서 큰 그림, 작은 그림 합쳐서 300점 이상은 그려야 한다. 온 정성과 생명을 걸고 일해 나가고 있다.

벌써 네가 대학갈 나이가 되었고 나는 몇 년 후면 환갑이라니 세월이 무정하게도 흘러가는구나. 홍석이도 모든 괴로움을 잊고 올 한 해 네 목표를 위해서 열심히 해봐라. 후회 없도록 열심히 살아가는 것이 좋은 결과를 가져다 준단다.

내 달부터 네 통장으로 돈을 보낼게.

아버지는 이제야 아버지 노릇을 하는 것 같아 기쁘다.

이 꽃은 봄에 일찍 피어나는 꽃 중 하나인 제비꽃이란다.

정말, 어제 제비도 봤다. 생명은 어김없이 제 일을 하니까 생명의 중심인 사람은 더욱 더 제 할 일을 시간을 아껴서 해야 한다.

사랑하는 홍석아

오늘은 일 년 중 달이 제일 크고 밝게 보이는 보름달 새벽이다.

홍석이가 커가는 모습이 아버지의 젊은 날을 빼어 박은 것 같아 내 대학 때 생각이 나는구나. 인생도 청춘도 한 번 밖에 없으니 황금 같은, 아니 황금보다 더 귀한 젊은 날 동안 마음껏 후회 없이 네가 바라는 바를 이루기 위해 최선을 다해 주렴.

一九七二年

사랑하는 홍석아

자기가 할 일을 내일로 미루거나 안 하는 것은 좋지 못한 습관이다.

인생은 긴 것 같지만 짧다. 벌써 아버지 나이 56세이고, 홍석이는 스무살이 넘지 않았니. 집 나올 때 아버지 모습은 젊었으나, 이젠 동네 아이들이 할아버지라고 부를 만큼 늙었어. 인생에서 성공하려면 시간을 잘 쓰는 사람이 되어야 한다.

立春大吉 一九九二年 金

지금 막 솟아오르는 해 사진을 한 장 찍고 합장했다.
오늘은 아버지가 일을 많이 할 것 같구나.
정말 마음을 비우니 모든 것이 아름답게 보이고 마치 태양이 나에게 "종학이,
이 괴짜야. 오늘은 일만 해. 끈 풀린 강아지 마냥 싸돌아 다니지 말고 네 남은
생애 모두를 걸고 작품을 만들어봐." 하고 명령하는 것 같구나.

지금은 새벽 3시.

아버지는 중처럼 일찍 자고 일찍 깨는 생활이 습관이 되어버린 것 같구나. 한바탕 달밤에 체조를 하고 커피를 한 잔 끓여 먹으며 너에게 편지를 쓰고 있다. 너에게 편지를 쓰는 이 순간이 행복하구나.

아버지는 그림을 그리며 너를 그려 본다.

하여간 아빠랑 너랑 같은 길을 가게 되니까 서로 열심히 해보자. 아빠도 아는 것은 다 가르쳐 줄게. 그림은 많이 그려야 해. 양에서 질을 찾아야 해. 대학 때는 마음 놓고 제 멋대로 그리도록 해. 그림을 겁 없이 푹푹 그린다는 것도 꽤 힘든 경지란다.

사랑하는 홍석아

네 생일을 축하한다.

한 송이 꽃은 씨앗으로부터 시작하여 땅속에서

어둡고 긴 시간을 보내야 비로소 아름다운

꽃으로 피어난단다.

사랑하는 홍석아

네 생일이 며칠 안으로 돌아오는구나. 내년에는 아버지 그림이 붙어있는 서울의 스위스 그랜드 호텔에서 뷔페와 샴페인을 살게.

네가 미술대학에 가고 싶다면 아버지는 대찬성이야. 넌 미술에 소질이 있어. 아버지는 건축과로 가기를 원했지만 미술대학에 가고 싶다면 석고, 데생, 수채화, 연필 드로잉 특강을 아빠에게 한번 맡겨봐. 다른 학생들을 서울대 미대에 붙여준 경험도 있어. 한식날(4월5일) 할머니 산소에서 만나자.

살다보면 자꾸 죄를 짓게 되는구나.
어제는 아버지가 아기새를 살린다는 것이 오히려 죽게 만든 원인이 되어버렸다. 아기새가 너무 일찍 둥지를 떠나면 잘 날지를 못해서 뱀의 밥이 되기 쉽다. 그래서 새장 속에 넣어두었다가 어미새가 먹이를 주기 쉽도록 땅바닥에 새장을 내려놓고 점심을 먹으러 나갔다 왔지.
돌아와보니까 아기새는 간 데 없고 웬 뱀이 통통히 부른 배 때문에 새장을 빠져 나오지 못하고 갇혀 있다가 아버지 손에 죽고 말았다. 아기새가 뱀에 잡아먹히는 순간 엄마, 아빠 새는 얼마나 놀랐겠니!

KIMCH

지금은 새벽 두시.

설악산의 눈이 녹아 물 흐르는 소리가 힘차게 들리고

별들은 총총한 밤이야.

어제 아침은 낙산사 바닷가에 해맞이를 다녀왔다. 시간을 잘못 알고 가는 바람에 이미 해는 떠올라 바닷가에 자기 색을 물들이고 있었다. 대포항에서 아침식사를 하려다가 어시장에서 큰 대구 한마리를 3만원에 샀다. 집에 와 대구지리를 해 먹으면서 너도 함께 먹었으면 했다.
인생은 자기가 목표를 걸고 열심히 하기 나름이야. 큰 목표를 찾아내 큰 사람, 남을 사랑할 줄 아는 멋진 사내로 자라주기를 바란다.

아빠 귀에는 슈베르트의 겨울 나그네가 들려온다. 흰 눈이 내려서 그런지 그렇게 깜깜한 밤은 아니구나. 아빠는 지금 이 시간이 제일 행복하단다. 무엇을 창조한다는 것은 창조의 길을 가는 사람만이 갖는 특권이다. 물론 외롭고 고달프고 때로는 겁도 나지만 오직 자기 홀로 서서 아무도 가지 않는 길을, 아니 길이 없는 길을 스스로 만들어 가는 재미를 다른 사람들은 모를 거야.

중국에 유명한 철학자 老子(노자)는 "道(도)가 道(도)일 때 道(도)가 아니다."라고 말했다. 풀이하자면 "길이 길일 때 길이 아니다."라는 뜻이야. 노자는 동양 예술에 많은 영향을 주었는데 특히 詩(시)와 畵(화), 다시 말해서 시인과 그림 그리는 예술가에게 많은 영향을 주었어. 아빠가 길이 없는 산을 올라가고 길이 없는 숲을 뒤지다 벌에 쏘이고 나무에 찍혀 다치는 이유도 길이 길일 때 길이 아님의 철학에 있단다. 남들 다 가는 길은 재미가 없어. 똑같은 풍경을 너무 많이 봤으니까. 뭐든 처음 대면이 중요하단다. 사람도 자연도 첫 인상이 얼마나 감동적이냐, 좋으냐 하는 게 결정적이란다.

사람의 본능, 특히 눈의 본능은 대단하단다. 옛 사람이 사람의 몸값을 1000냥으로 친다면 눈이 900냥이고 나머지가 100냥이라고 말했어. 그러니 눈을 쓰는 직업을 가진 화가는 보람찬 길이야.

현주도 화가로써의 긍지를 가져. 또 아빠의 직업이 화가라는 것에 대해서도. 정치나 재벌은 30, 40대에 다 이룰 수 있지만, 그림은 육십이 넘어야 하고 시는 칠십이 넘어야 이루어진다고 했다. 그러니 이 얼마나 보람차고 힘들고 영원히 남는 길이냐.

사랑하는 현주야

아빠는 이 편지까지 합치면, 벌써 여러 통의 편지를 보냈는데 한 통도 못 받았다니 이상하구나. 네 편지를 받으면 곧바로 회답을 하곤 했는데, 아직까지 한 통도 못 받았다면 현주의 표정이 일그러질 만도 하다. 다음부터는 언제 편지를 받아 보았는지 편지에 꼭 써다오. 무뚝뚝한 아빠이지만 연약한 딸이 멀리 타향에 가서 애처롭게 공부를 하고 있는데 몇 달이 되도록 편지 한 통 안 써서야 아빠가 될 자격이 없지. 아빠의 생활은 일주일에 한 번 서울대 미대에 나가 강의하고 화실에 나와 그림 그리는 일, 가끔 다른 화가의 작품 전람회를 가보는 것 또는 골동품상에 가보는 단조로운 생활이니 재미있는 이야깃거리가 없기는 하지만 정말 자주 편지를 써서 현주의 표정이 밝아지도록 노력할게.

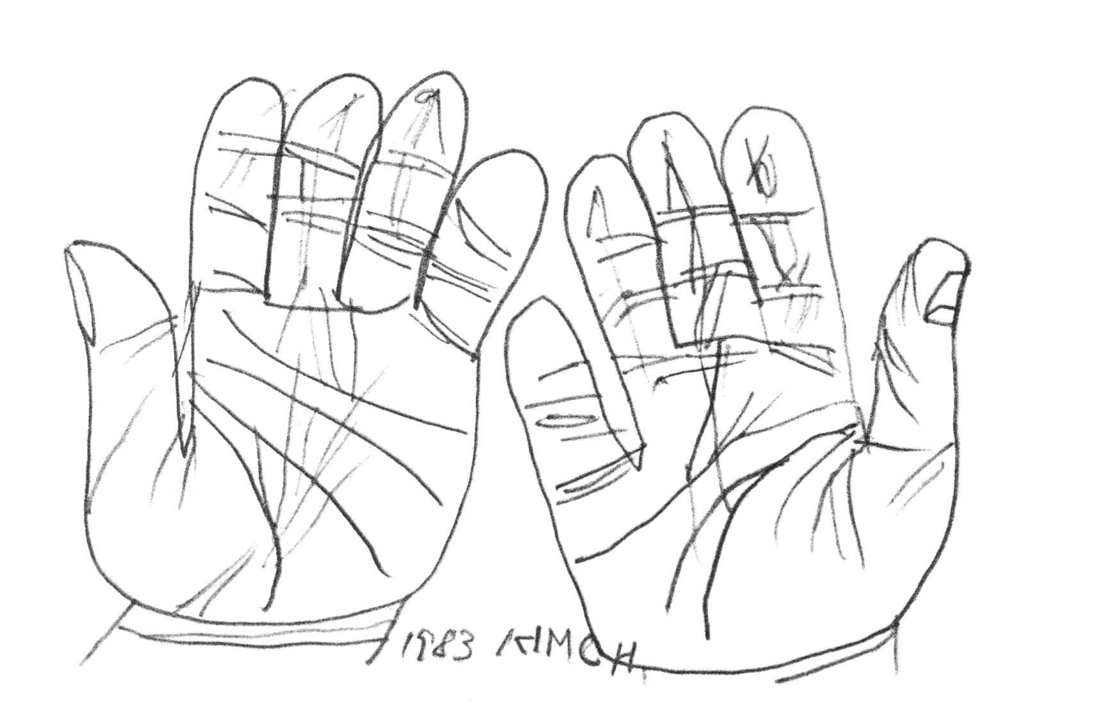

사랑하는 현주야

너의 사랑스러운 편지 잘 받았다. 새로운 환경, 달라진 학교에서 매사에 적극적이고 명랑한 네가 잘해낼 줄 아빠는 믿는다. 세계에서 제일 좋은 학교에서 멋지게 공부해서 서양 친구들을 좀 놀라게 해줘라.

몸과 마음을 다해서 정성과 얼을 쏟으면 그에 꼭 맞는 결과가 온다는 사필귀정을 현주는 꼭 믿어주기 바란다.

다만 건강 역시 젊었을 때부터 노력을 해야 튼튼한 육체를 갖게 된다는 평범한 진실도 잊지 말고. 공부하고 놀고 운동하고 책 읽고 음악 감상하고 그림 그리고 좋은 그림도 보면서 다양한 인격과 교양을 두루 갖춰야 훌륭한 인간, 훌륭한 여인이 된다는 것을 잊지 말아라. 우리 식구 중에 가장 큰 행운을 가진 사람은 너라는 것을 잊지 말고 살아가다오.

너를 사랑하는 아빠가. 서울서.

편지 반갑게 받아 보았다. 네 말처럼 여기는 봄이 오고 있다. 나이가 들수록 자연은 정말 신기하고 아름답다는 것을 더 느끼게 된단다. 아빠는 그림 그리고 자연을 관찰하는 재미로 여기서 쓸쓸히 살고 있지.

작년 여름에는 이름 모를 새들이 둥지를 틀고, 조그마한 알에서 새 생명이 태어나고, 작은 소리에도 입을 있는 대로 크게 벌리며 아기새들이 크는 것을 관찰하느라 시간가는 줄 몰랐다. 하루에 수십 번 벌레를 잡아다 먹이는 어미새의 모성애는 사람보다 못할 게 없더라. 금년 봄, 작년에 둥지를 틀던 새들을 보니 여간 반갑지 않다. 까치들이 집을 짓는 것도 참으로 신기하더라. 어떻게 그렇게 튼튼히 집을 짓는지 감탄할 뿐이다. 꽃은 땅 위에만 피는 줄 알았더니 날아다니는 꽃이 바로 새들이구나.

아빠와 너는 어쩌면 같은 5월에 태어났을까? 그것도 묘한 인연이구나. 꽃 많이 피고 온 산천이 푸른 오월에 태어났다는 사실을 서로 축하하자.
벌써 많은 꽃이 피어났다. 개나리, 벚꽃, 할미꽃은 벌써 지고 해당화와 이름을 알 수 없는 조그마한 꽃들이 많이 피어나, 부지런히 꺾어다가 병에 꽂고 감상하고 있다. 네가 서울 근방에만 있으면 야생화로만 꽃다발을 만들어 줄 수 있는데…… 아쉽구나. 너는 너무 멀리 있어서 말이다.

사진보고 그림.
일구칠십팔년
뉴욕 아파트
에서
아빠가.

사랑하는 현주야

너의 편지를 받고 읽어보니 눈물이 핑 돌고 가슴이 메어 더 이상 소리 내어 읽지 못할 만큼 감동을 받았다. 눈물이 저절로 흘러내리는구나.

돌이켜보면 참으로 아빠에겐 괴로운 순간이었지. 그 시절 하늘을 보며 총총한 별을 세고 검은 저 산 너머로 달이 지는 걸 쳐다보며 눈물을 삼킨 것이 오늘을 있게 한 원동력이 된 것 같다. 네 말처럼 지난 과거를 잊지는 못하겠지만 이젠 이해하고 웃어버리겠다.

사람이 성장하려면 아픈 과정을 밟아야 하고 나무가 크게 되려면 모진 바람을 견디며 자라나야 한단다. 이제 설악산은 나의 정신적인 고향과도 같은데 태어난 곳인 이북 땅을 갈 수가 없으니 더더욱 고향처럼 느껴진다. 때로 머리가 아플 때 설악산에 오르면 머리가 시원해지고 건강도 좋아지고 온 몸이 싱싱해져서 돌아오곤 한단다.

이제 쏟아져 떨어질 듯한 별을 보면 기쁘고 재미있단다. 이젠 모든 게 아빠에게 "안녕하세요. 들소 양반!"하며 속삭이는 것 같이 기쁘게 보인다. 예전에 힘들었을 때는 꽃과 나비 밖에 내 마음을 위로해 주는 것이 없어서 그것만 그린 거야. 자연이 없으면 사람도 없고 예술도, 미술도 없는 거야. 우리는 모두 흙을 먹고 살다가 흙으로 돌아가지. 지나간 과거 50년보다 앞으로 살아갈 20년쯤 될 아빠의 시간 동안 크고 넓은 바다와 같이 모든 것을 받아주고 용서하고 파도처럼 사랑해야지.

별들이 총총한 하늘을 날아 머나먼 곳 뉴욕공항에 도착했겠구나. 아빠가 그려 준 네 얼굴 그림과 빙긋이 웃고 있는 보살(불교에서 여자 부처님을 보살이라고 부른다) 그림을 봤겠지. 또 편지도 읽었겠고.

너는 총명하고 마음씨도 곱고 생각하는 것도 넓다. 아빠가 미국에서 돌아와 짐을 싸 트럭에 싣고 슬픈 표정으로 설악산으로 떠나던 날. 어린 네가 네게 있는 모든 돈을 털어 비누며 샴푸며 무엇인가 한 보따리를 사주었을 때, 얼마나 어이없고 마음이 아팠던지. 짐을 싸 쫓기듯 집을 나가는 아빠의 모습을 보고 네 어린 마음은 또 얼마나 아팠을까. 아빠도 사랑하는 너희들을 두고 집을 나설 수 밖에 없었던 심정은 얼마나 쓰라렸겠냐. 그때 문간에서 아빠를 올려다보는 네 모습과 네 눈빛을 아빠는 영원히 잊지 않고 있다. 그때 참으로 고마웠다.

그때 설악산의 별은 왜 그다지도 낮게 떠서 빛나고 있었던지.

하여간 밤하늘을 보며 100장의 좋은 그림만 남기고 죽자. 그 전에는 아무리 죽고 싶어도 죽지 않기로 맹세했었지. 좋은 그림 100장도 못 남기고 너희들이 커서 "너희 아빠는 화가였는데 그림도 몇 장 못 그린 시시한 인간이었구나."라고 비난을 받으면 죽어서도 난 눈을 감지 못할 것 같았어. 100장만이라도 그릴 때까지 억지로라도 살자며 입술을 깨물고 그림을 그린 것이 오늘날 나비, 꽃 그림을 나오게 했단다.

낮에는 넓은 벌판을 헤매며 열심히 꽃과 나비를 봤단다. 꽃이 참 가슴에 와 닿아 발을 멈추고 그 고운 모습을 그리고 또 그렸다. 거기서 아빠는 많은 것을 알아내려고 애썼고, 대학 졸업 후 20년간 막혀 괴로워했던 그림 방향의 전환점을 찾아냈다.

"무명의 화가라도 전 아빠를 사랑해요."란 편지 구절. 그것이 참사랑이란다.

벌써 오월이구나.

모든 산과 나무가 신록에 싸여 보이는 게 모두 다 싱싱한 초록이다.

설악산 산장의 잔디도 하루가 다르게 파랗게 쑥쑥 자라나고 있어. 아름다운 꽃도 계속 피어나고. 서울에 선거하랴 또 무슨 잡다한 일로 사월, 오월 다녀온 바람에 아빠가 그처럼 좋아하는 봄의 할미꽃은 제대로 감상도 못했는데 벌써 웃자라 버려 하얀 할미꽃이 되고 말았다. 그래도 아직 설악산 중턱 해발 800m 넘는 곳은 이른 봄이니까 진달래도 할미꽃도 노란 개나리도 볼 수 있단다. 그처럼 세월이 빨리 빨리 지나가고 있다.

아빠도 금년엔 조그마한 화랑에서 20여 점 가지고 개인전을 하기로 약속하고 요즘 끙끙거리고 있단다. 공부도 그림도 늘 계속해야지 한 번 쉬었다가 다시 하려면 정상회복이 꽤 힘들다. 잘 될 땐 쉽게 척척 맞아 떨어지는데 안 될 땐 아무리 애써도 잘 안 되는구나. 그러면 아빠는 화가 나고 몸이 후끈 달아오르지. 그 때 싸움하듯 물 불 가리지 않고, 따지지 않고, 정신 없이 흠뻑 빠져 시간가는 줄도 모르고 열심히 해야 그 무엇이 나온단다. 아직 그런 상태에 못 도달해 안타깝다. 그러나 이제 자동차로 말하면 발동이 걸려 좀 달리고 있는 중이야.

그럼 오늘은 이만 쓸게. 몸조심하고 안녕. 아빠가.

사랑하는 현주야

내 생애 제일 큰 눈이 지금 오고 있단다. 아빠 허리까지 왔단다.

설악산에 눈이 많이 오면 대단하다는 말은 들었지만 이렇게 많이 올 줄은 미처 몰랐다.

아빠는 꼼짝없이 갇혀서 그림만 그리게 됐구나. 얼마나 굉장한지 동봉하는 사진을 보고 짐작하기를 바란다. 새들은 나무 속에 숨어서 눈을 피하고 있구나.

동물들, 특히 토끼도 있는데 굶어 죽지는 않을지 걱정이다.

우리는 보일러 기름, 먹을 것이 든든하니까 안심해.

그럼 또 쓸게. 안녕.

설악산에서 눈에 갇혀서 아빠가.

2003.1 KIM.CH

현주가 미술을 하고 싶으면 용기 있게 해라. 위험부담이 많은 직업을 권하지 않는 것이 상식이지만 네가 좋으면 꼭 해 봐. 아빠가 보기에도 현주는 소질이 있어. 차갑고 사실적인 것보다 뜨거운 표현파 그림이 네게 맞지 않을까 생각한다. 아빠의 피는 못 속이지. 아빠가 뜨거운 것처럼 현주도 뜨거운 정열을 가지고 있는 것 같구나.

미술은 남에게서 배우는 것보다 자기가 많이 실패하며 배우는, 혼자 하는 공부니까 열심히 하는 분위기만 있으면 너무 일류학교를 따질 것도 없다. 미술가에게는 어느 학교 출신인지가 문제가 아니라 작품이 문제니까. 또 대학 4년도 눈 깜짝할 사이에 지나가버려 어느 학교를 택하여도 네가 열심히 하기에 달렸다.

하여간 이번 봄 방학때 학교를 결정짓고 나올 테니까 아빠와 미술에 대해서 진지하게 얘기 좀 해 보자. 설악산에 와서 난로불 피우고 군고구마와 포도주를 마시며 한번 진지하게 인생과 예술에 대해 아빠와 대화해 보자.

그럼 우리 귀여운 딸, 다음에 서울에서, 설악산에서 보자.

항상 너를 사랑하는 아빠가.

사랑하는 현주야
87년도에도 네
소원대로 모두
네 뜻대로
되기를

멀리서 빌겠다
아빠가

사랑하는 현주야

아빠는 현주가 못나건 잘나건 귀여운 내 딸로 항상 사랑할거야. 난 너에게 아무 것도 강요하지 않아. 실패해도 내 딸, 성공해도 내 딸이야. 그러나 건강이 허락하는 한 최선을 다해 보도록. 사람은 동물과 달라서 자기 하는 일에 최선을 다할 때 자기 마음도 든든해지고 보람차단다.

아빠 전람회는 5월 27일부터 한 열흘간 한단다. 네가 여름방학 나올 때 하게 되어서 더욱 의의가 있다. 이번 전람회는 수채화만 가지고 하는데 닥지라고 부르는 몇 천 년을 끄떡없는 종이 위에다 그림을 그렸는데 그 효과가 좋은 것 같아. 우리나라가 규모는 작은 나라지만 꽤 깊이 있고 아름다운 나라인 것을 항상 잊지 말아다오. 지금은 국제화 시대이니까 세계를 모르고 자기 나라만 알아도 곤란하지만, 자기 나라를 모르고 세계만 알면 그건 정신적인 고아여서 더욱 곤란한 인간이 된단다.

현주는 아빠, 엄마를 닮아서 아름다운 것을 보는 눈이 남보다 발달되어 미술과 공예를 모두 잘 하는 멋진 여인이 틀림없이 될 거라고 아빠는 믿고 있다. 그러려면 충분한 밑바탕, 교양이 필요해. 미국의 교육은 한국처럼 입시위주가 아니라, 문화와 교양이 몸에 배도록 인성을 먼저 가르쳐 준단다. 잘 배우도록.

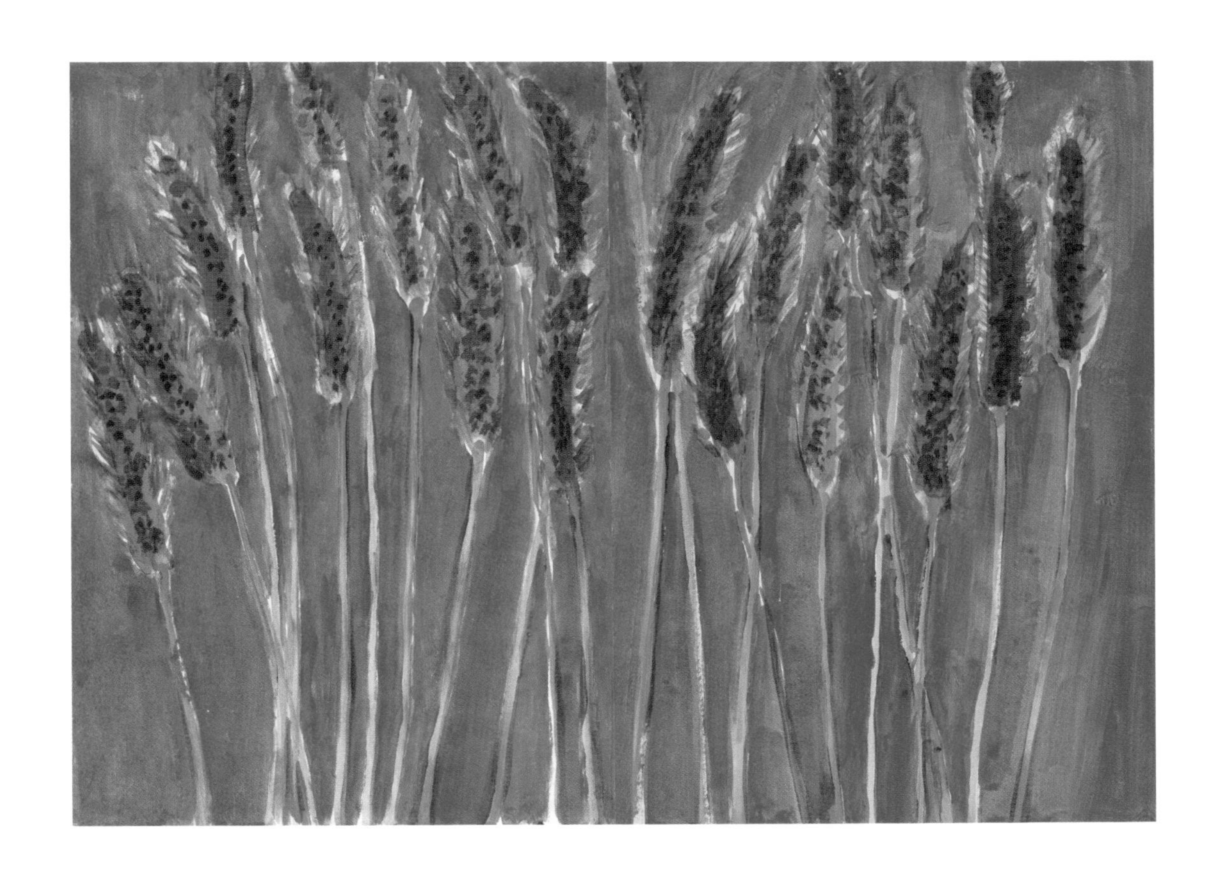

다음 번에 네가 미국에서 나오면 사진관에 가서 기념사진 한 장 찍자.

너희들이 더 크기 전에, 곧 아빠보다 키가 더 커지기 전에.

그럼 오늘은 이만 쓴다. 몸조심하고 안녕.

현주를 사랑하는 아빠가 서울서.

2007 KIM

사랑하는 홍석아, 현주야

너희들을 2주일 후면 다시 만나볼 수 있다니 벌써부터 가슴 설레는구나. 어빙톤의 여름 경치는 어떨까? 어빙톤에서 덥스페리까지 이어진 산책로에도 이상한 가을꽃이 많이 피어났겠지. 기대된다.

아버지는 어제 새벽 5시에 설악산에 올라갔다가 8시간 만에 내려왔다. 가고 또 가도 좋은 산이구나. 매년 가보지만 또 달리 보이고 더 좋아 보인다. 이번에 올라가서는 금강초롱꽃을 보았다. 금강산에만 피어 금강초롱꽃이라 불리우는데 설악산에 몇 년 전부터 피기 시작했단다. 정말 아름답고 곱고 뭐라 표현 못할 만큼 예쁜 꽃이야. 언젠가 너희들 둘 다 데리고 가서 보여주고 싶구나.

아빠가 꽃을 그리고, 나비를 그리고, 나무를 그리고, 냇가며 폭포 등을 그리는 것은 사람이 제일 좋아하는 아니, 수천 년 동안 좋아하는 대상을 그리는 것에 그치는 게 아냐. 그런 대상을 그리면 타락한 화가로 여기는 20세기 회화에 반발하는 의미도 있단다.
무엇을 그릴까 무척 고민도 했었다. 추상에서 시작해서 다시 구상으로 돌아왔지만 추상에 기초를 둔 새로운 구상이지. 엄밀히 말해서 추상적인 뒷받침 없이 그리는 사실화나 구상화는 좋은 그림이 될 수 없다는 것을 아빠도 잘 알고 있어.
미술은 처음부터 추상과 구상이 동시에 큰 두 줄기로 출발을 했단다. 건축, 공예, 옷 무늬 등은 좋은 추상이지. 옛날 원시인들은 석고 데생도 안 배웠는데 동굴에 얼마나 훌륭한 동물들을 그렸니. 그러니까 추상과 구상은 서로 영향을 주는 형제와 같다고 생각된다. 아빠가 그리는 꽃도 실은 사실적으로 피는 꽃이 아니라 화면 위에서 다시 구조적으로 피어나는 꽃이야. 아빠는 그림 그릴 때 항상 색을 어떻게 배치하고, 크고 작은 형태들을 서로 어떻게 배치하느냐에 관심을 둔다.

아빠 그림에 검정 나비가 나오고 새가 나오는 것도 그 색과 형태가 필요해서 나오는 거다. 그림은 자연에서 영향을 받고 다시 꾸미는 조형 능력에 좌우되는 법이다. 자연을 열심히 보고, 또 인간이 남긴 미술품을 편견 없이 보도록 해라.
인디언 미술도 현대미술도 우리 미술도 다 좋은 거야. 동서양 구분 말고 열심히 봐. 동양인이지만 서양에서 공부한 바람에 순서가 바뀐 만큼 현주는 동양과 우리나라 미술을 더 열심히 봐주기 바란다. 아빠 견해로 현대미술은 출발은 좋았지만 너무 새로운 것, 충격적인 것을 찾다가 방향성과 매력을 잃어버린 경향이 있어. 너와 너의 아파트에서 좋은 포도주나 마시면서 그림 이야기를 하고 싶구나.
아빠는 요즘 그림이 너무 잘 팔려 고민이다. 저번 달에도 대작 70점을 그려 20만 불쯤 벌었다. 잘 팔릴 때 조심해야 해.
건강은 괜찮다. 좀 살이 쪄서 고민이야. 다시 열심히 그리고, 열심히 걸어야지.
사랑하는 현주야, 미술은 큰 길이야.

자연 속에 추상, 구상 모두 존재한다.

앞으로 현주가 활동할 때는 (얼마 안 남아 있지만) 동서양을 두루 아는 국제적인 안목과 교양이 필요하단다. 현주는 동양인이니까 당연히 동양을 서양인보다 잘 알아야 하는데 그렇지 못하니 공부 많이 해야겠다.
우선 동양의 사상가와 예술가, 예를 들어 노자, 공자, 석가모니, 장자 등의 철학가와 팔대산인 같은 괴짜 예술가에 관한 책을 많이 보내줄게. 언젠가 중국도 같이 여행해보자.

2001

사랑하는 홍석아

남들이 하는 것 다 하고는 큰 사람이 못 된다.

남보다 덜 자고 더 열심히 해야 김우중, 정주영 같은 재벌이 나오고

반 고흐 같은 천재 화가들이 나오는 거야.

콩 심은 데 콩 나는 진리는 네게도 해당된다.

아버지가 지금처럼 열심히 하면

세계적인 작가도 무섭지 않다.

되든 안 되든 세계적인 화가를 목표로 해 볼게.

막혔던 고인 물이 터지는 것 같구나.

이번 가을 개인전은 좀 힘차고 생기발랄한 그림들이 모일 것 같다.

어제 서울서 캔버스 300점이 내려왔단다.

올해는 이 화면들에 혼을 불어 넣어야지.

아버지는 어렸을 때부터 욕심쟁이였지. 큰아버지 중학교 입학 때 할머니가 새 구두를 한켤레 사주셨는데 그게 샘이 나서 몰래 구두 한 짝을 숨겨놓았던 적도 있다. 나중에는 한 짝씩 나누어 신자고 울었던 기억이 난다. 큰아버지랑 네 고모는 말썽꾸러기였던 아버지 때문에 놀라기도 많이 놀라서 아버지는 가족 안에서 어렸을 때부터 '도깨비'로 통했다.

요즈음 서울에도 꽤 좋은 전람회가 많다. 프랑스 화가 에두아르 뷔야르, 뒤뷔페, 뒤피 전람회가 퍽 좋았다. 서울에 네가 있으면 같이 가보았을 걸. 언젠가는 현주랑 뉴욕, L.A에서 손잡고 구경할 날이 올 거야. 그걸 상상하니 벌써부터 마음이 설렌다.
아빠가 고등학교 때, 대학교 때 감명깊게 읽었던 윤동주 시집을 부친다. 좋은 인간, 예술가가 되려면 시를 꼭 알아야 해요. 그럼 오늘은 이만.
서울서 아빠가.

어버이날 보내준 카드와 편지도 잘 받았다. 짧은 글이었지만 감명깊게 읽었다. 아빠는 그림 그리고, 현주랑 홍석이를 생각하며 살고 있단다. 그림은 잘 그려질 때도 있지만, 잘 안 그려지는 시간이 더 많구나. 아직도 아빠는 기분이 우울한 상태가 지속되고 있어서 그런지 그림 그리는 속도가 느리다. 화상들한테서 재촉전화는 오고……. 그림이 안 팔리고 무명일 때가 제일 좋은 시간이란다. 그때를 소중하게 생각하고 일해. 일단 유명해지고 잘 팔리면 꼭 적군에 잡힌 포로같이 자유가 없구나.

KIM

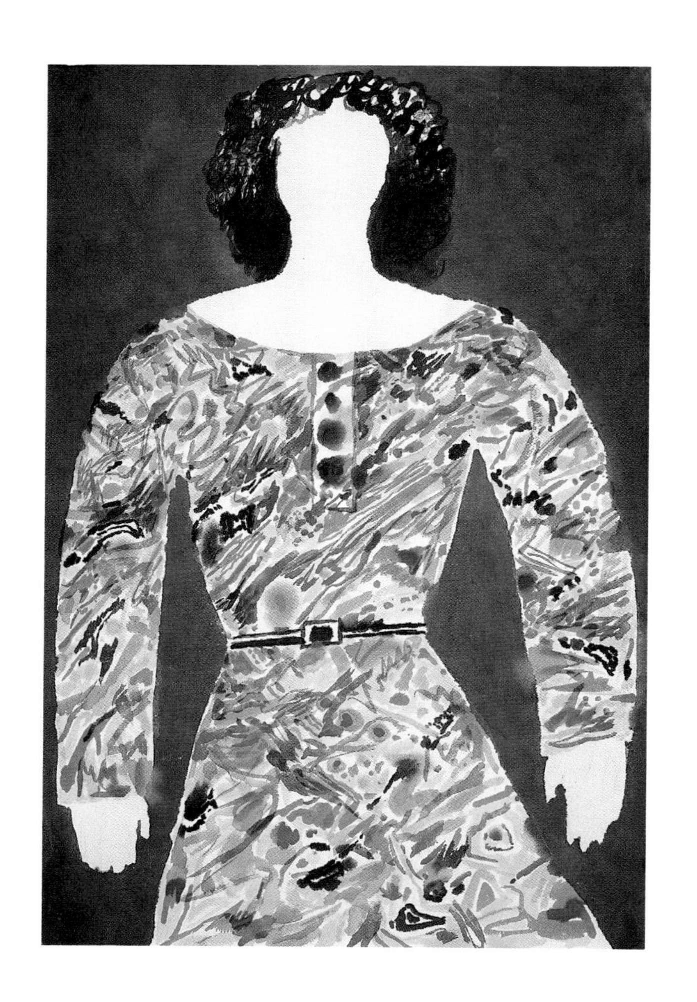

현주야

아빠는 개인전 마치고 새엄마랑 같이 미국에 들어갈 계획이다. 그때 네 아파트에 가서 네가 지어주는 밥 좀 먹어보자. 음식솜씨가 얼마나 되는지. 보내준 사진을 보니 이제 꼬마 김현주가 아니라 다 큰 처녀더구나. 옛날 같으면 시집 가고도 남았겠다.

사랑하는 현주야

아직도 눈을 감으면 이타카 풍경이 다가오는구나. 가냘프나 매력이 풍기는 너의 모습도 눈에 선하다. 비행장에서 아빠를 보내는 네 쓸쓸했던 모습도 눈에 선하다.

설악산에 돌아오니 갈 때 피어있던 꽃들이 지고, 지금은 새로운 꽃들로 위로를 받는다. 작년에 집을 지었던 새들이 또 집을 짓고 알을 하나 낳았는데 더는 낳지 않고 있어서 궁금하구나.

아빠도 오늘부터 일을 시작했다. 일을 늘 할 때와 달리 중단하고 다시 시작하려면 좀 고생을 할 거다. 각오하고 출발하고 있다. 매일 밥 먹는 것처럼 매일 일을 하는 습관이 몸에 배는 것이 중요하단다.

좋은 그림 그리고, 건강에 조심하거라.

설악산에 돌아와서 아빠가.

9월 1일인데 날도 덥고(31도) 산에 올라가니 땀이 비지땀이라 올라가면서 세 번 목욕했다. 아버지는 깊은 산, 푸르고 맑은 물에서 수영하는 게 제일 기분 좋아. 어렸을 때 우리 산이 있었는데 증조할아버지 따라 거기 가서 가재도 잡고 꽃도 꺾고 잠자리도 잡고 맑은 물에서 개구리 수영을 하면서 자라서 그런지 산이 좋고, 맑은 물이 좋고 이름 모를 산야초(山野草)가 좋구나.
화단에선 꽃을 그리는 야생화 작가로 통하지만 곱게만 그린다는 비난도 있다. 고와서 곱게 그리는데 난 별로 개의치 않는다. 다만 좀 더 힘차고 박력 있게 못 그리는 게 한이 된다.
다시 만날 날을 기다리며 아버지가.

사랑하는 현주야. 요즈음은 편지가 없구나.

어디 아프냐? 그렇지 않으면 시험기간이냐? 퍽 궁금하구나.

학교가 바뀌어 심리적으로 어려운 일이 많을 줄 안다.

하지만 적극적이고 명랑한 너는 잘 극복할 줄 믿는다.

항상 몸조심하고, 명랑하게 살도록 노력해라. 인생이란 어려운 고비가 있으면 쉬운 고비가 오기 마련이고, 슬픈 일이 있으면 기쁜 일이 오기도 한단다. 그러니 여유를 가지고 살아가기를 아빠는 현주에게 바란다.

사랑하는 현주야

벌써 가을이 왔구나.

이타카에도 가을이 왔니?

이제 마음이 좀 안정되었는지 궁금하구나.

아빠는 그림을 그리고 있으나 아직 신나게 그리지는 못 하고 있다.

차츰 좋아지겠지.

또 쓸게. 안녕.

사람들은 장점을 사랑하는데 그게 아니다.
사랑하는 이의 단점을 더 사랑할 수 있는 경지까지 올라가도록 애써야 한다.
왜 부처님과 예수님이 나타나 결점 많고 가난한 사람들을 사랑했는지 깊이 생각해 봐라. 돌아가서 단점이 많다는 네 주변사람에게 잘 해주고.
가정은 이해관계를 초월하는 관계다. 사랑은 받을 때보다 줄 때 즐거움이 크다.

청춘도 잠깐이니 청춘을 아끼고 사랑해라.

아버지는 설악산과 서울만 드나들다 모처럼 용기를 내 전라남도 광주 근처에 다녀왔다. 우리나라에서 제일 아름다운 정원인 담양의 〈소쇄원〉과 순천의 사찰 〈선암사〉를 구경했는데 우리 조상들이 자연과 얼마나 기막히게 조화를 이뤄 집을 짓고 나무를 심고, 돌탑을 세우고, 담을 둘러쳤는지 그 솜씨를 볼 수 있었다. 규모는 우리나라 자연을 닮아 크지 않았지만, 자연과 멋지게 어울려 자연도 살고 집도 사는 지혜와 안목이 자랑할 만하더구나. 언젠가 현주도 꼭 봐야 할 곳이다.

사랑하는 현주야

아버지가 일본에서 돌아와 할 일은 없고 돈은 필요해서 20년 전에 만든 크리스마스카드다. 지금 생각하면 오리지널 핸드 프린트이고 사인이 있다. 그 때 돈으로 100원을 받았으니까 지금 돈 1000원이 넘는구나. 다른 카드는 친구들한테 보내주도록.

네가 한용진, 문미애, 문성자 선생님과 같이 있다는 것을 알고 통화를 하게 되어 기뻤다. 아버지의 뉴욕 생활을 생각나게 했다.
금요일 오후면 한국 떡을 싸가지고 밤새워 한형과 술 마시며 대화했던 추억이 떠오르는구나. 내 딸인 네가 커서 그 그룹에 끼어 대화를 하고 있다니 세월이 정말 빠르다.

기분이 안 좋을 때면 게을러지고 만사가 귀찮아 TV만 하루 종일 보는 형편없는 생활을 하다가, 다시 기분이 좋아지면 잃어버린 시간을 보충하듯이 미친듯이 하루에도 서너 장을 그려치는 게 반복된다. 그럴 때면 네게도 일기식으로 매일 편지를 쓰고.

기분이 좋을 때는 돈 씀씀이도 커지고, 유머 감각이 많아지고, 밖으로 돌아다니고, 술도 많이 먹는다. 이번에 처음으로 깨달았다. 우선 그림부터 그리고, 조금 남는 휴식 시간에 강아지 세 마리를 데리고 새엄마랑 아침 저녁으로 들채(산보)를 나갔다. 강아지를 길러보니까 그렇게도 사랑스럽고 귀엽구나.

홍석아, 네가 활동할 때는 크고 넓은 태평양 시대다. 일어, 중국어에도 관심을 가지고 공부해 두어라. 이북이 개방되면 기차 타고 평양, 북경을 거쳐 모스크바, 파리를 갈 날이 올 것이고, 그러면 너희들의 시대가 열릴 것이다.
툭 터진 마음으로 미래를 대비해 공부도 하고, 책도 많이 읽고, 그래서 큰사람이 되도록 열심히 해.
그럼 무더운 여름날 건강 조심하고 잘 있어!

사랑하는 현주야

벌써 조그마한 이름 모를 꽃들이 피었다. 네 생각이 나서 조심스레 꺾어 봉투에 담아가지고 와서 책갈피에 꾹 눌렀다가 이 편지에 같이 보낸다.

자연은 참으로 신기하다.

제일 먼저 피는 꽃부터 늦게 피는 꽃이 서로 순서를 지켜가면서 보는 이의 마음을 즐겁게 하는구나. 모두 다 봄에만 핀다면 얼마나 멋이 없겠냐.

사랑하는 홍석아

먼 훗날 홍석이가 대학을 나와 직업을 가지고 결혼하게 되면 착한 여자 만나 백년해로하렴.

항상 너를 잊지 못하는 아빠가 설악산에서.

심、김 용우、수진
개해도 건강하고
보람 있는 한해가 되기를 金

설악산에는 강아지가 또 5마리 태어났다. 메리가 강아지를 여섯 마리 낳았는데, 한 마리는 죽고 다섯 마리는 살았다. 꼭 아기울음 같은 소리를 내며 엄마 젖을 찾고 온기를 찾으며 낑낑거리는 모습이 참으로 귀엽구나. 윗집 검둥이 새끼는 많이 자라 네 엄마를 귀찮게 굴며 까분다. 올해는 저번에 낳은 3마리와 지금의 5마리로 강아지 부자가 되었구나. 애비는 한 애비여서 까만 강아지 7마리, 땅색 1마리다.

아빠의 금년 운수가 좋을 징조가 보이는구나.

그림도 잘되고 뜻하지 않게 1월에는 설경전 주문까지 들어와 바쁜 한 해가 될 듯하다. 그래서 골동품을 꽤 샀단다. 아버지의 유일한 취미. 골동품 가게에서 마음에 닿는 물건을 만나면 그렇게 기쁠 수 없구나. 골동품 사 놓는 일을 계속할 셈이다.

어제는 봄비가 많이 와 냇물이 꽤 불어났다.

모든 생명체에게, 특히 풀과 꽃, 나무들에게는 젖과 같은 단비일 게다.

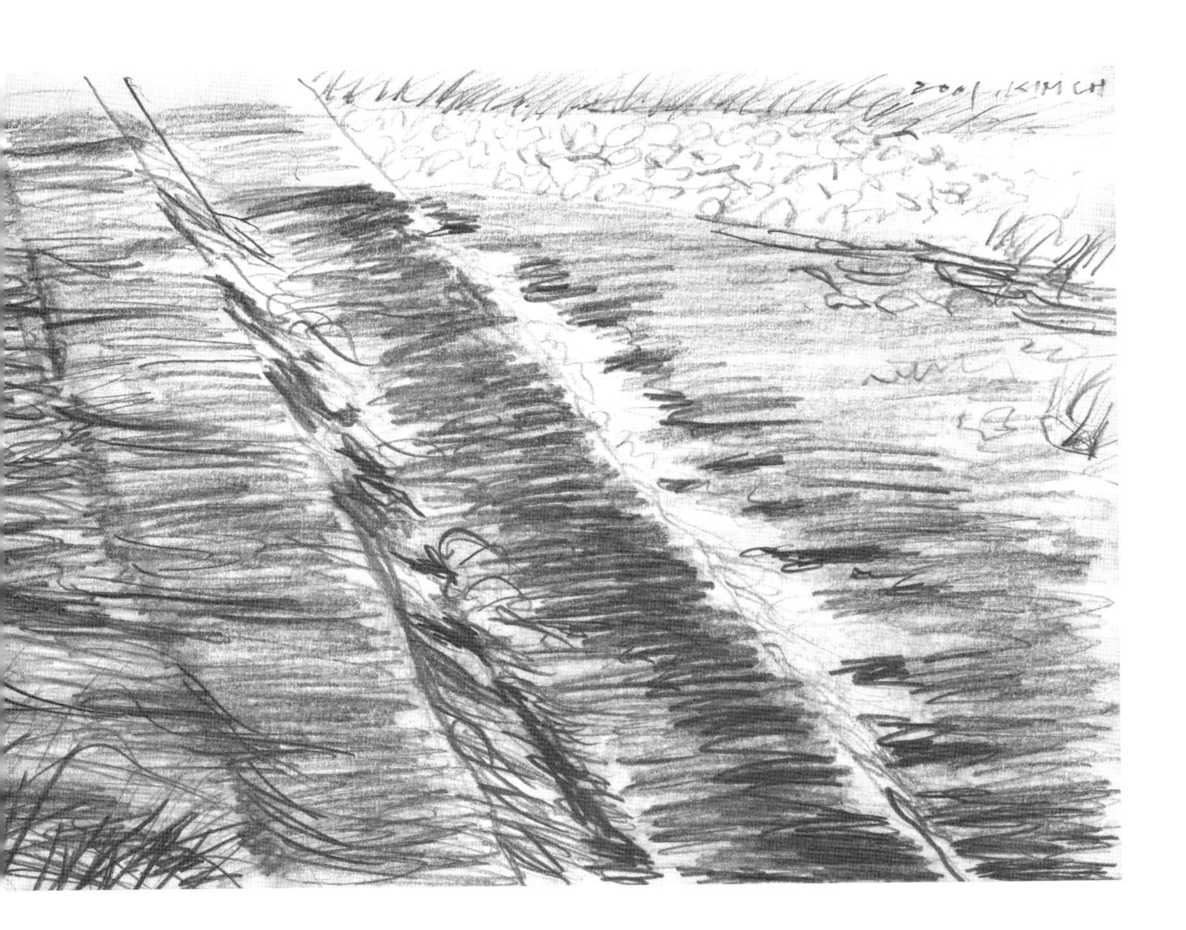

다음 달, 3월 15일쯤 일본에 간다. 네가 태어난 도쿄 땅을 오랜만에 다시 가보게 되는구나. 네가 태어났을 때 처음 보는 순간에는 실망했어. 세상에 아기는 누구나 예쁜 줄 알았던 아빠는, 갓 태어난 네가 새빨갛고 쭈글쭈글 예쁘지가 않아서 참 많이 놀랐다. 너무 작고 얼굴도 기대한 것처럼 포동포동하지 않아서 이 아이를 키워서 어떻게 시집을 보낼까 혼자 걱정도 많았지. 집에 와 3개월쯤 되니까 아빠가 기대하던 예쁜 딸이 되어 주었지.

우리 국민은 세계에서도 우수한 민족이지만 아시아에서는 정말 일등 국민이라는 걸 서울 아시안 게임을 통해서 전국민이 알았다는 것은 큰 수확이었다. 이번 서울 아시안 게임에서는 불모지인 육상에서 무명의 17살 임춘애란 소녀(고2)가 800m, 1500m, 3000m에서 우승을 해 3관왕이 되고 큰 화제가 되었단다. 그 가냘프고 메마른 소녀가 마지막 100m를 앞두고 중국 선수를 따라 잡을 때 너무 감동해서 아빠도 국민도 박수에 박수를 쳤다. 그 소녀는 우유라도 실컷 먹고 뛰었으면 한이 없겠다는 정말 가난한 성남시 달동네 아가씨여서 더 감격적이었단다.

KIM

오랜만에 부산과 제주도에서 따뜻한 날씨에 남쪽 바다를 보니 바다도 산 못지 않게 좋구나. 부산에선 바다가 탁 트여 보이는 13층 방을 얻었다. 덕분에 기분이 좋았고, 그림도 잘 되었다.
아버지가 구해놓은 속초 아파트도 넓은 바다가 보이는 19층에 자리잡고 있으니 기대해 본다. 그 방은 현대적인 느낌으로 꾸며볼 생각이다.

예술은 똥!

신체가 튼튼하면 똥도 굵고, 신체가 엉망이면 설사를 하게 되지.

그래서 예술은 정신의 똥이다.

그럼 안녕. 설악산에서.

NEW YORK, NEW YORK
MONDAY, SEPTEMBER 11, 1978
The News World
3B
channel changers' guide
MORNING
fm guide
AFTERNOON
EVENING

보고 싶은 현주야, 건강하니?

기쁠 때가 있으면 슬플 때가 있고, 웃을 때가 있으면 화가 날 때도 있고, 외로울 때가 있으면 친구와 더불어 외롭지 않을 때가 반드시 있단다. 낮아지는가 하다가도 세월 흐르면 다시 기어 올라가 높은 산이 되기도 하는 것이 인생이야.

사람은 태어날 때부터 죽을 때까지 혼자 있는 순간은 외로운 법이다. 외로울 때 깊이 생각하고, 소설도 쓰고, 시도 쓰고, 음악도 작곡하고, 과학도는 외로울 때 정신을 집중하여 새로운 기계를 만들고, 화가도 외로워야 그림과 투쟁하며 그림을 그린단다.

이제 네 나이면 남성을 사랑해 더불어 사는 재미를 본능적으로 바랄 때지. 예수, 석가, 공자 등과 같은 큰 철학자나 종교지도자들이 으뜸은 사랑과 자비라고 가르쳤듯이 남을 사랑할 때 인생의 참된 보람을 느낀단다. 몸과 마음을 다해서 사랑하는 행위처럼 열렬히 그림과 연애하면 그림이 잘 돼. 진실해야 하고, 선해야 하고, 아름다워야 한다는 동양의 진선미(眞善美) 철학은 그런 깊은 뜻이 있단다.

현주도 외할아버지가 기독교 목사였으니까 기독교든 뭐든 종교를 가지고 신에게 기도하고 봉사하고 항상 감사하게 생각하는 마음으로 살아봐. 너를 감싸줄 남자를 찾기보다 네가 먼저 남자를 크게 길러주고, 더불어 살고자 하며, 대화하고 서로 돕고 살겠다는 자세를 가지면 좋은 남자를 만날 수 있을 거야.

오늘 새벽은 아버지가 철학 교수가 된 기분이구나. 또 쓸게 안녕.

길 없는 산을 올라가고 숲을 뒤지다 벌에 쏘이고 나무에 찔려 다치는 이유도,

길이 길일 때 길이 아님의 철학이 있단다. 남이 다 가는 길은 재미가 없어.

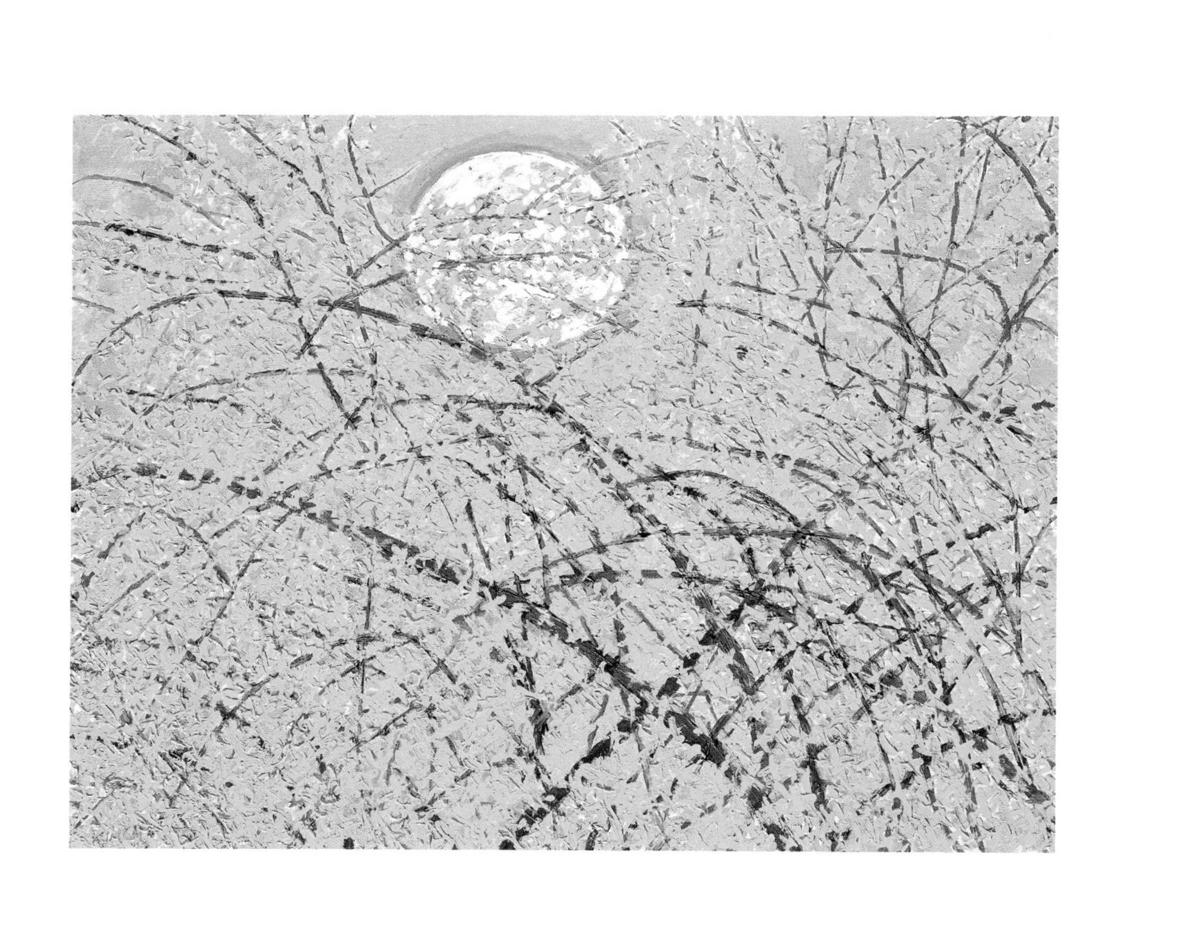

4월의 꽃은 진달래와 개나리다. 그런데 이 꽃을 여러 번 그려봤으나 실패했는데, 이번 잡지 표지화로 실린 개나리꽃은 조금 마음에 든다.
5월 20일부터 부산 "갤러리 월드"에서 대작, 소품 합쳐 50점으로 개인전이 있어 새벽에 일어나 그림 그리고 있다. 어떤 때는 그리기가 싫을 때도 있지만, 억지로라도 한단다. 그러다 보면 또 신나는 그림이 나올 때도 있어 붓을 놓을 수가 없구나. 로댕이 말한 "영감은 무수한 노력의 순간에 온다.", "한 사람의 진리는 만인의 진리가 된다."는 신념에 아버지도 전적으로 동감이다.

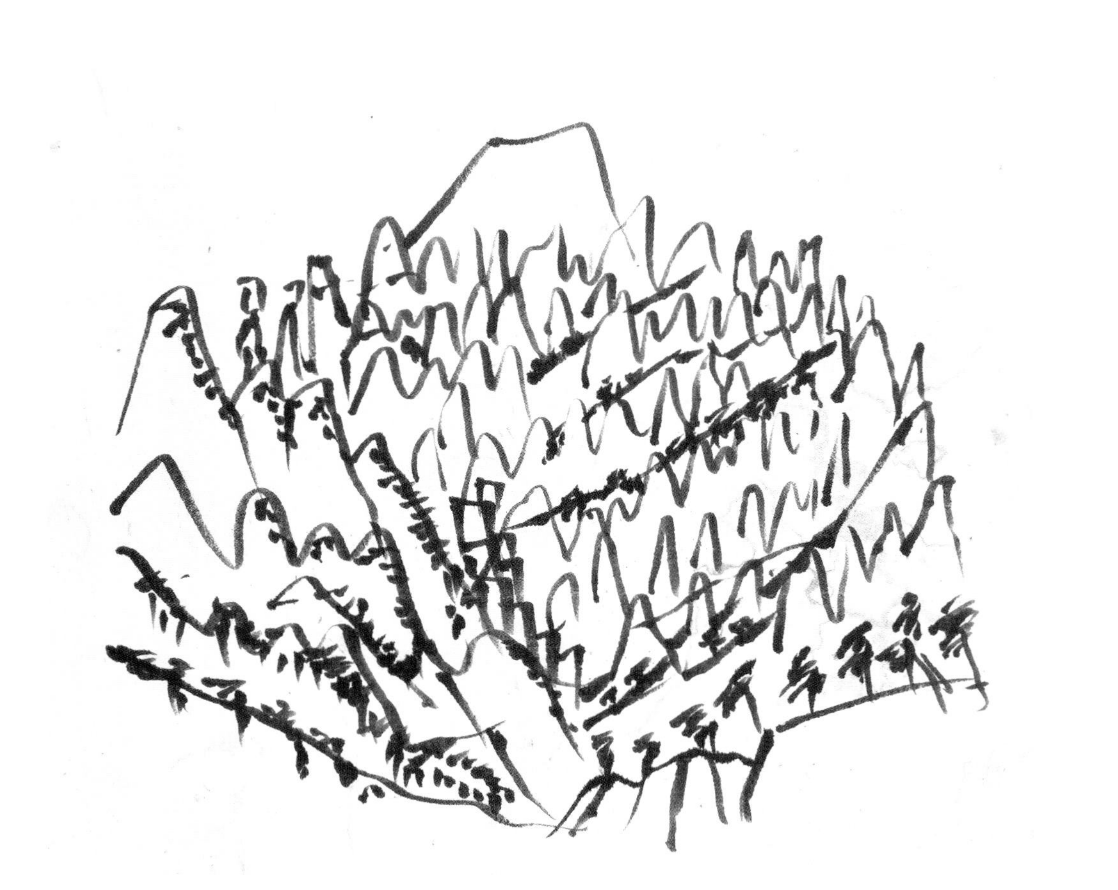

설악산에는 3월에도 눈이 많이 내린단다.

시내는 별로 안 내렸지만 우리 집과 산속은 60cm 이상 눈이 왔다.

금강산은 여자라서 사계절 이름이 따로 있지. 설악산은 이름이 하나란다. 설악산은 무뚝뚝한 남자, 변함없는 남자를 닮아서 늘 설악산으로만 불리어 왔는가 보다. 그러나 남자도 속으로나 겉으로나 변화무쌍해. 설악산도 대청봉은 그저 밋밋한 삼각 형태인데, 그 밑 천불동 계곡이나 죽음의 계곡인 공룡계곡은 볼 때마다 저절로 감탄하게 된단다.

사람도 동물이라, 좋은 산 밑에 살면 마음과 몸도 그 산을 닮게 된단다.

어제 전화 고마웠다. 안녕.

아름다운 것도 추한 것도 모두 하나다.

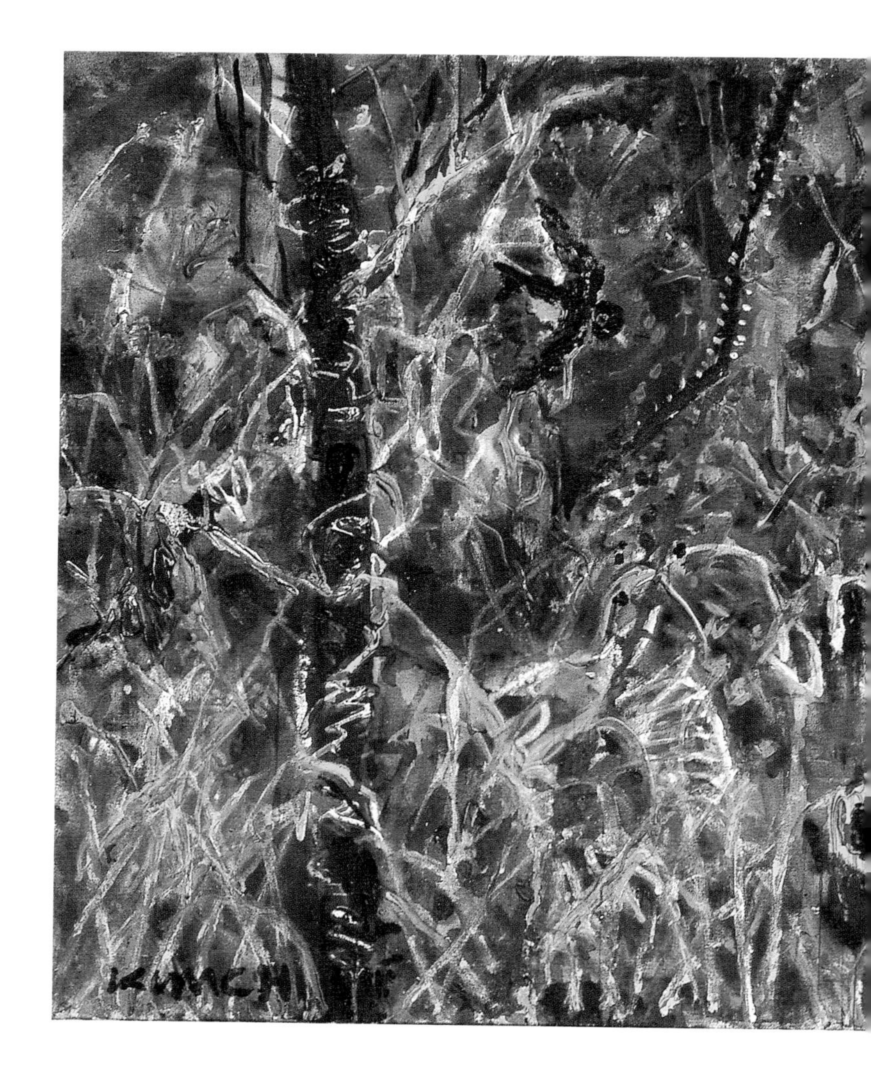

아직 4월이지만 날씨는 5월 어느 하루처럼 화창하구나. 윗산에는 아직 눈이 있으나 아래쪽은 꽃이 만발하다. 햇빛만 잘 비추면 이름 모를 들꽃이 활짝 피어나 즐겁게 하는구나.

이름 모를 들꽃들이 길가 잔디밭에 피어나는데 조그마한 것이 참 예뻤다. 만물이 순서대로 피어나는 자연의 조화에 감탄을 금치 못한다.

사랑하는 현주야, 벌써 가을이구나.
어제부터 비가 온다. 싱싱하던 풀도 단풍잎으로 변하느라 색이 변하고 있구나.
그림은 잘되니? 대학생 때는 머릿속에 대가들의 그림이 자꾸 떠올라 자기 그림이 잘 안 될 때가 많단다. 그림은 정신이 집중되었을 때 자기도 모르게 무아지경에서 나온단다. 여러 번 실패해서 화가 나, '에라 모르겠다. 마구 그리자.' 할 때 의외로 잘된단다.
사람을 죽이는 살인자가 사람을 죽일 때 법 같은 걸 생각하면 못 죽여. 그때는 그저 죽이겠다는 감정과 의지밖에 없어서 사람을 죽이고 나서야 후회한단다. 그렇게 사람을 죽이려 할 때의 고도로 집중된 감정은 창조를 이끌어내는 순수한 순간과 닮은 상태다. 모든 걸 다 잊고 아무 것도 생각하지 않는 무의식 속에서 창의력이 솟아난단다.
좋은 작품을 많이 보는 것도 매우 중요하다. 좋은 작품을 보면 가슴이 찡해지는 것처럼 자기 그림도 가슴에 찡한 게 오도록 그려야 한단다. 그러기 위해선 항상 그리고 있어야 한다. 영감은 노력 속에서 가끔 솟아나는 샘물과 같다.
그럼 다시 또 쓸게. 안녕.

너처럼 아빠도 요즘 그림을 많이 못 그리고 있다. 그림도 인생도 산과 같이 높을 때도 있고 낮을 때도 있단다. 잘 될 때도 있으나 안 될 때도 있다. 너무 걱정 말고 열심히 그려봐라.
대학 시절엔 잘 될 때보다 잘 안 될 때가 더 많기 마련이고, 그런 괴로운 순간들이 아빠도 많았단다. 아빠가 소질이 없다고 생각하지는 않았지만 그림이 잘 안 될 때가 너무 많아 괴로워했고 나 자신에게 화가 난 적도 많았단다.
이제는 한 방향을 잡아 계속 밀고 나가고 있지만 내가 무엇을 어떻게 표현하면 좋을지 고민을 많이 했다. 그리고 추상을 하다 보면 구상이 생각나고, 구상을 하다 보면 추상이 생각나는 방황의 시간이 아빠도 꽤 길었어. 나이 사십이 넘어서야 그 방황이 끝났다.
돌이켜보면 그런 방황과 갈등이 없었더라면 오늘날과 같은 방향도 못 잡았을 거야. 늘 자신만만하고 일이 잘 풀리면 인생의 깊이를 모른단다. 살다보면 오늘 자신 있다가도 내일 자신이 없어지는 순간들이 꽤 많아. 어쩌면 그게 인생이야.
현주가 지금 느끼고 있는 괴로움, 자신이 없어지는 순간 역시 다 넘어서야 할 고비인 줄 알고 열심히 살아보고 열심히 그려보고 또 실패도 많이 해 봐라. 그래야 참다운 성공의 기쁨도 맛볼 수 있단다. 지금의 현주는 하나의 커다란 나무가 되기 위해 어두운 땅 속으로 뿌리를 깊게 내리고 있는 과정에 있다고 생각해. 앞으로 큰 나무로 자라기 위해 뿌리가 더욱 단단히 대지 속으로 파고드는 과정을 꼭 거쳐야 하니까. 현주의 성장을 멀리서 응원한다.

여기도 벌써 나뭇잎들이 하루가 다르게 갈색으로, 붉은색으로 물들어 가고 있는 쓸쓸하고 아름다운 가을이다. 이제는 바람만 불어도 낙엽이 우수수 떨어진다. 사람도 동물인지라 자연 품에서 살아가면서 계절의 영향을 받지 않을 수는 없어. 아빠는 나이가 들어서인지 가을의 파란 하늘과 어여쁜 단풍 말고는 사계절 중에 가을이 제일 싫어. 모든 것이 시들고 죽어가니까. 아빠는 봄과 여름이 제일 좋고 그 다음 하얀 겨울, 그리고 가을이 좋다.
설악산 공사는 아직 끝을 못 냈고 11월 말까지 계속할 것 같다. 그래도 현주에게 되도록 많은 편지를 보내도록 노력할게. 아빠도 뉴욕 생활 중에 편지 받는 것이 제일 기뻤어. 특히 너랑 홍석이의 편지와 사진은 그 날을 하루 종일 기분 좋게 만들었지.

네 신앙심이 깊어지고 있다니 아빠는 기쁘다. 믿으려면 철저히 믿어. 예수님이 항상 네 곁에 있게끔 믿어봐. 참다운 신앙을 갖는다는 것이 얼마나 행복하고 보람찬 일이냐. 신앙생활은 아무나 할 수 있는 것이 아니라 선택된 사람만이 할 수 있단다. 그런 의미에서 현주는 참 행복한 사람이야.

항상 너를 생각하는 아빠가.

사랑하는 현주야

너의 귀여운 카드 잘 받았다. 금년 들어 제일 먼저 본 개구리구나. 그것도 꽃다발을 들고 있는. 현주처럼 장난기 많고 귀여운 개구리. 고맙다. 카드 한 장으로 아빠랑 새엄마 마음이 얼마나 기뻤는지 모르겠다.

누군가를 사랑하는 마음처럼 서로 좋은 일이 어디 있니? 사랑하는 마음은 모든 것을 만들고 울리고 자라게 하는 햇빛 같은 존재란 것을 항상 잊지 말아다오. 그림도 그림을 자기 몸처럼 아끼고 사랑하면 안 되는 법이 없단다. 설악산 쓸쓸한 생활에서 너의 편지를 받는 것이 제일 기쁜 일이다.

이번에 현주가 서울에 오면 아빠에게 영향을 많이 준 양서(좋은 책)를 선물할게. 영국의 유명한 시인이며 미술비평가였던 허버트 리드의 책이면 뭐든지 다 권하고 싶구나.

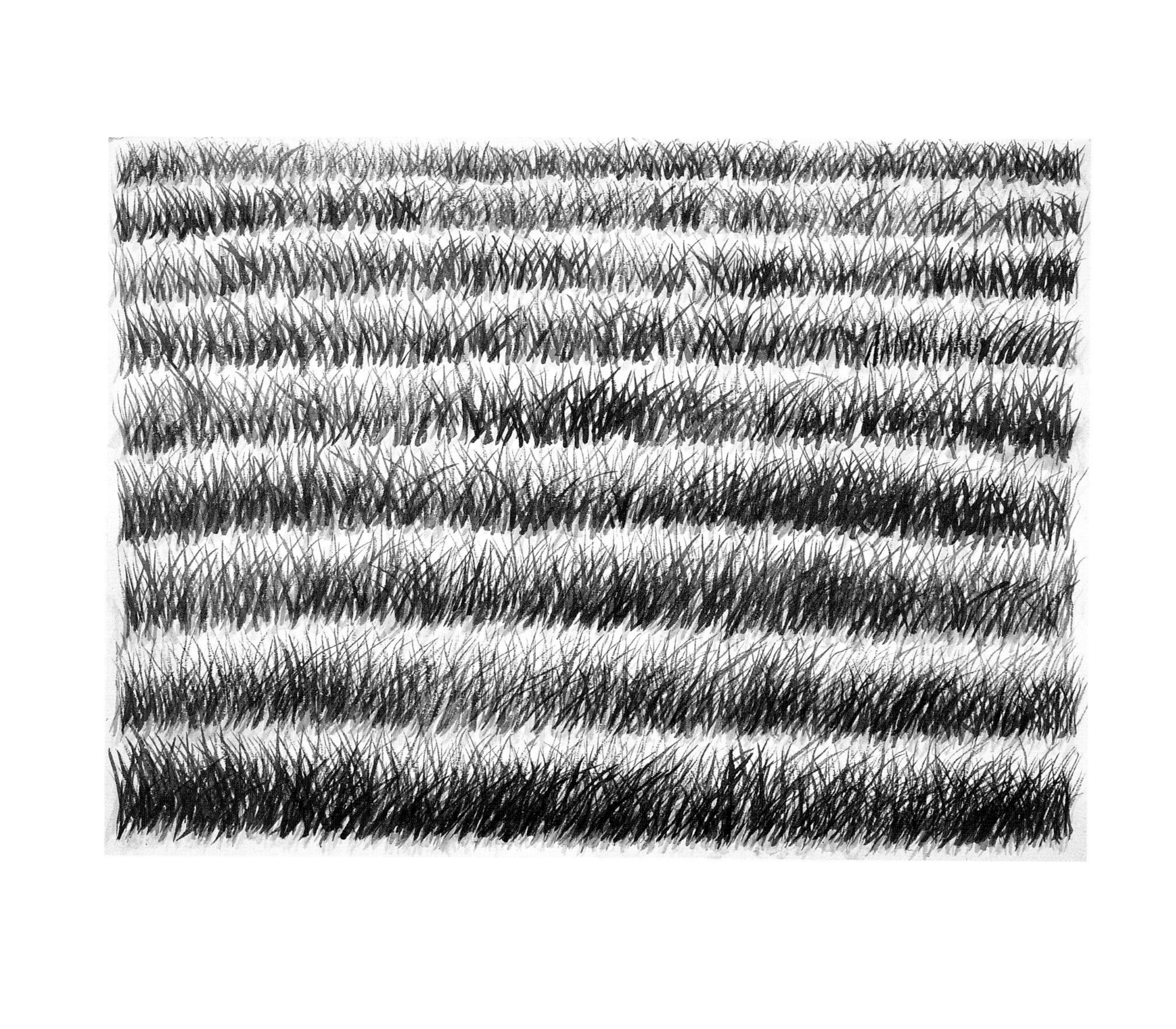

또 십이월이 왔구나. 올해도 며칠 안 남았다. 세월이 어찌나 빠른지 아버지도 60살이 몇 년 안 남았고 너도 이제 스물다섯 살이 넘어 시집갈 나이를 넘긴 노처녀구나. 하는 일은 재미있고 보람차니? 아침에 일어날 때 태어나 잘 때 죽는다고 생각하면 하루를 소중하게 생각하지 않을 수 없다는 불교의 가르침이 있단다. 한 번 밖에 살 수 없는 세상, 열심히 보람차게 남에게나 너에게나 기쁘게 살아보자. 네가 싱가포르에 몇 달 가 있으면 아버지와 새엄마는 뉴욕 아파트에서 그림을 그리며 기다리다 너와 함께 서울로 돌아올 예정이야. 뉴욕에 있는 동안 수채화와 유화 소품으로 30여 점쯤 모이면 시그마 화랑에서 개인전도 열어보면 좋겠다. 목표가 있어야 부지런해지니까. 대작 300점은 남겨 줘야 새엄마와 네가 설악산에 미술관을 꾸밀 수 있겠지. 김환기 선생님이 300여 점 이상 남기고 돌아가셨는데 사모님의 훌륭한 노력으로 서울에 또 하나의 멋있는 미술관이 생겼으니 이 얼마나 보람찬 일이냐. 미술관 운영을 위해 크고 작은 판화 몇천 장도 남겨두어야겠다. 반 고흐가 하루에 몇 장씩 그렸다는데 아버지도 될 때는 그렇구나.

사랑하는 현주야

네 편지도 받고, 또 결혼하겠다는 전화도 받고 기뻤다.

언젠가 사랑하는 사람에게 시집갈 운명인 한 여자로 너도 드디어 사랑하는 사람을 만나 결혼하게 되는구나. 이 세상에서 사랑보다 더 귀한 것은 없단다. 모든 것이 그 곳으로부터 움튼다. 가족도, 종교도, 예술도.

KIM CH

아버지는 요즘 기분이 좋고 밥맛도 있고 소화도 잘된다. 그림도 잘되고 모든 것이 아름답게 보이는구나. 조그만 꽃, 풀, 벌레부터 떠오르는 태양, 바다, 산, 변화무쌍한 광선까지.

아버지는 설악산에 지고 피는 이름 없는 야생화와 야생조만 그려도 한 평생 그릴 것 같구나. 늘 새 식물을 발견하고 기뻐한단다.

설악산에 진돗개 두 마리와 푸들 종류 서양개가 한 마리 더 생겨 세 마리다. 진돗개는 지금 두 달밖에 안 되어서 귀여운 암놈 진순이, 4개월쯤 되어 제법 큰 수놈은 진돌이다. 산책 나갈 때 데리고 다니면 그렇게 좋아하는구나.

병아리도 촌닭들이 알을 품어 보름이면 귀여운 병아리가 깨어난다. 다 클 때까지 얼마나 새끼들을 감싸는지 다른 어미닭은 곁에도 못 오게 한단다. 모든 살아있는 생명은 동물도 식물도 다 사랑스럽구나.

자연을 열심히 관찰해야
좋은 화가가 될 자격을 얻는다.

CHKIM

어제는 엄마와 엄마 친구의 점심 준비를 위해 생선을 사러 부둣가에 다녀왔다.
복어 새끼와 날치라는 생선을 난생 처음 봤는데 그렇게도 예쁘더라.
옛 동양의 화법에 여섯 가지 중요한 화법이 있는데 제일 중요한 것이 "기운생동"이다. 대학 다닐 때 동양화 수업 시간에 기운생동이란 그림을 보면 바람에 날리는 나무와 풀들이 마치 살아 숨쉬는 것처럼 찡한 감동을 주는 거고, 기운생동 이 느껴져야 그림의 가치가 있다고 배웠는데 그 말이 진실이더라. 반 고흐가 기운생동한 그림을 그린 서양의 대표적인 화가라고 이해하면 쉬울 거야.

아빠와 네가 좋아하는 반 고흐는 100년 전의 젊은 화가인데도 요즘 대중들한테 크게 사랑 받고 있지 않니? 아빠 중고등학교 때도 별명이 '고프'였단다. 어쩌면 삶의 스타일도 좀 닮았다. 반 고흐는 태양이 밝게 빛나는 남프랑스의 '아를'이란 곳에서 좋은 그림을 그렸고, 아빠도 태양빛이 선명한 설악산에 있으니 좋은 그림이 그려지는 건지 모르겠구나. 반 고흐는 하루에도 몇 장씩을 그려 그 짧은 생애에 천 점이 넘는 작품을 남기고 갔지. 아빠도 잘 나올 땐 그런데 요즘은 전람회 날짜가 가까이 와서 그런지 잘 안 나와 끙끙거리고 있다.

6월 1일쯤 미국으로 갈 계획이다. 그때 뉴욕에서 만나 IBM 미술관에서 열리는 「조선 복식전」을 함께 구경하자. 우리 미술에는 색이 없는 것처럼 알려졌는데, 보자기, 옷, 장신구에 다양한 색을 아름답게 썼다는 것을 보여줄 수 있을 거다. 서양인들이 감동적으로 볼 것 같다.

결국 좋은 것은 언젠가 알아줄 때가 반드시 있다는 사실을 증명하는 전시회 같아 조선의 후예인 아버지도 기쁘다. 보자기를 한 60장 다시 모았다. 그 중 크고 색이 많은 것으로 한 장 가지고 가 생일선물로 전해 줄게.

아버지의 최대 관심사는 어떻게 하면 서로 조화하여 아름다운 하모니를 발휘하는 색을 좀 더 찾을까, 어떻게 선의 힘찬 "기운생동" 감을 찾을 수 있을까 하는 것이다. 그것이 지금의 목표이다. 아버지 그림의 단점은 여자들이 좋아하기에 좋은, 좀 곱다는 점에 있으나 때로는 심각하고 단순한 그림도 그리고 있다. 뉴욕서 마티스 전람회를 한다는데 아버지도 끝나기 전에 꼭 보고 싶구나. 마티스, 색의 마술사. 참으로 화가다운 대화가였다. 뉴욕 모던아트에 가서 꼭 보고, 카탈로그 한 권 사서 부쳐주면 좋겠다. 계절은 벌써 가을이다. 시들어가는 풀, 피어나는 가을꽃, 단풍잎, 핏물이 드는 풀잎…… 가을은 가을대로 좋구나.
그럼 안녕히. 설악산에서 아버지가.

유명해지는 것도 좋지만 꼼짝 못하고 작업을 해야 하기에 부자유스럽구나.
무명시절도 참 좋은 시절인 것 같다. 귀찮게 구는 사람 없고 자기 마음대로 여러 가지도 실험해 볼 수 있으니까. 좋기는 한데 돈이 안 벌리고 누가 재촉하지 않으니까 게을러지는 게 경계할 점이다.
아빠는 싫든 좋든 야생화 그림 그리는 작가로 상표가 붙어 있어 그쪽 그림만 잘 나가니 어쩔 수 없이 산, 꽃, 새, 숲, 잡초, 폭포 등을 그리고 있다. 사람도 좀 그리고 싶은데 사람 그리는 것은 잘 안 팔린다. 그것도 잘 팔리도록 매력 있게 그려 보려고 하고 있다.

너의 석판화 잘 받아보았다.
괜찮은데 색과 형태가 더 변화 있고 다양했으면 좋겠다.
너의 판화를 보니 아빠 대학 다닐 때 목판화했던 기억이 나는구나. 그땐 가난해서 석판화나 동판화 기계가 미술대학에도 없었다. 그래서 제일 간단한 목판화를 했지. 아빠는 그 후에도 목판화만 고집했어. 목판화가 더 동양적이고 칼맛이 나서 재미있었다. 목판화로 추상화를 만들어 동경 국제판화전에 출품해서, 한국에서 처음으로 국제전에서 상을 타게 됐지. 세월은 빨리도 흘러 동경에서 살 때 태어난 네가 미술대학생이 되어 석판화를 부쳐왔구나.

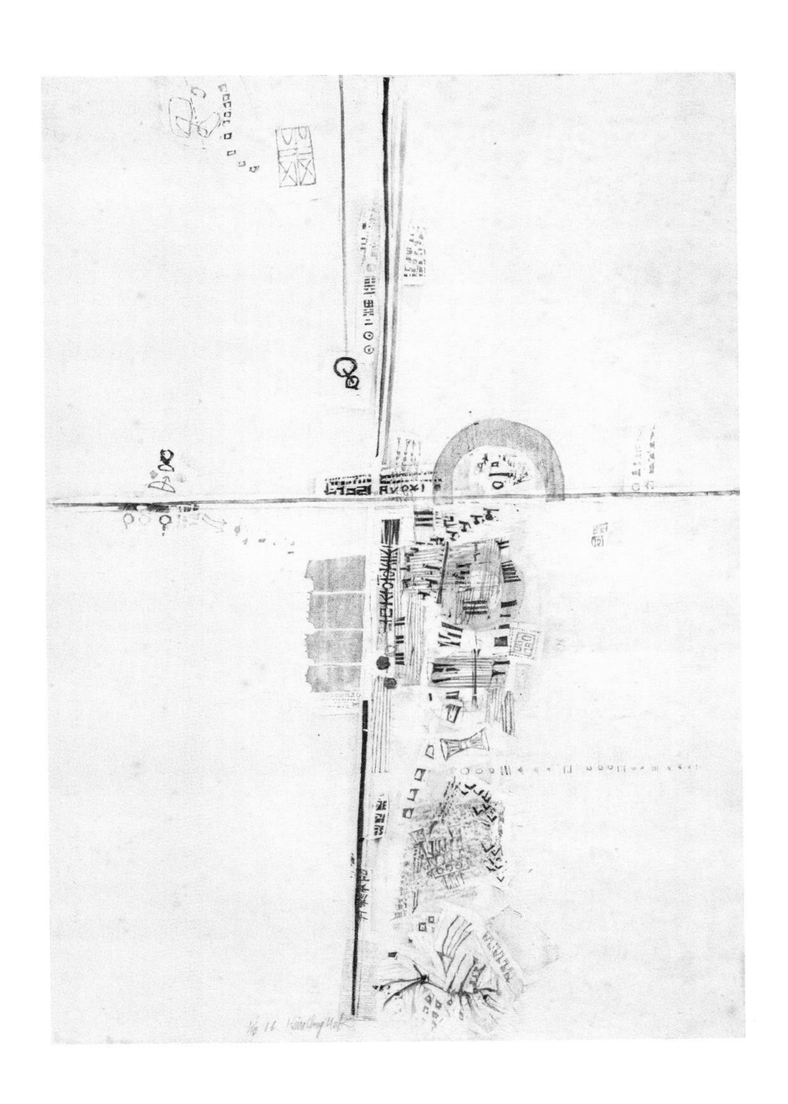

루소 그림은 아빠가 좋아하는 그림이다.

좋은 그림은 시대를 초월해서 좋구나.

반 고흐 역시 짧은 생애를 살았지만 얼마나 진실되게 열심히 그렸니.

루소는 비전문가로서 얼마나 아름다운 환상을 그려냈고!

사심 없이 자기를 다 바쳐 그린 그림은 시간을 초월해서 사람 가슴에 감동을

준단다.

강아지 풀을 잘라다

신라토기 항아리에 꽂아놓고 감상하고 있단다.

아빠는 눈 올 때는 설경을 그리고, 봄이 오면 봄을 그리는 사계절을 그리는 화가가 되어간다.
잘 될 때도 있고 안 될 때도 있지만 꾸준히 그리고 있단다. 그러다 보면 신들린 것처럼 미친 듯이 잘 그려지는 순간이 있단다. 그림은 아무리 오래 그렸더라도 순간에 그린 것처럼 되어야 한단다. 그런 걸 동양에서는 기운생동이라고 해. 뜻을 풀이하자면 막 뛰는 말과 같이 살아 움직이는 듯한 모습을 말한다. 선배님들이 아빠 그림을 기운생동하는 그림이라 불러줘 기분이 좋단다.
여기 설악산에 놀러 갔다가 생각나서 네게 단풍잎과 사랑의 시를 보낸다. 사랑처럼 힘든 게 없단다. 또 그만큼 귀한 것도 없단다. 아빠는 현주를 사랑해.

KIM

사랑하는 현주야

올해 들어서 눈이 제일 많이 내려 60cm쯤 쌓였다. 고드름이 줄줄이 달린 추운 겨울날의 풍경이 가득하다. 서울에서는 구경 못 하는 공기 좋고 물 좋은 아름다운 곳. 설악산 앞에서 그림 그리고 있는 것을 자랑스럽게 생각하고 있다.

〈KBS TV미술관〉에서 50분짜리 아빠 특집 프로그램을 찍으러 오늘 내려왔다. 며칠 동안 아빠 살고 있는 모습과 옛 그림들, 데생, 수채화들을 찍고 아빠와 여류시인이 대화하는 것도 찍을 예정이야. 아빠가 유명해지는가 보다. 비디오테이프가 나오면 네게 부쳐 줄께.

TV에 찍으려고 옛 작품을 정리하다 보니까 귀여운 여인 누드화가 있어서 너에게 보낸다. 다음에는 맑고 투명하게 그린 수채화를 보내줄께.

KIM

지금은 새벽 3시. 아버지는 이때가 제일 정신집중이 잘 되고 일도 잘 된다. 다들 잠들어 있는 고요한 시간에 작품이 되는구나. 화가는 육십이 넘어서야 되고 시인은 칠십이 넘어서야 된다는 너희 증조할아버지의 말씀이 꼭 맞는 것 같다. 서서히 그러나 쉬지 말고 부지런히 해야만 육십 이후에 완성에 이를 수 있단다.
가정도 훌륭히 이루고 그림도 훌륭히 그리고 싶은 욕망! 그것은 좋은 것이란다. 네 가정을 한번 그려봐라. 어린 아이들이 자라나는 과정을 사진에 담지 말고 네 그림에 담아봐. 현대는 너무 새로운 것만 추구하다가 따뜻한 면, 사랑, 가정, 자연 같은 것을 잃어버렸다. 너무 기계적이고 잔인한 경향만 강하게 추구하는 것과 반대로 다시 옛사람들처럼 신앙, 사랑, 자연이란 주제를 새로운 각도로 그려볼 수 있을 것 같다. 훌륭한 화가는 언제나 자기 주위를 그렸단다. 너무 실망 말고 네 주위를 그려봐. 매일 조금씩이라도 그렇게 해서 훌륭한 여성, 아니 어머니 화가가 되어 봐!

아빠는 여전히 새벽 도깨비가 되어 별들이 총총한 새벽 하늘을 보며 일어나 이 편지를 쓰고 있다. 이제는 가을 날씨라 그렇게 많이 오던 비도 안 오고, 우리나라의 파란 가을 하늘을 자랑하고 있단다.

그저께 국군의 날, 개천절 등 연휴가 계속되어 난주랑 친구들이 다녀갔단다. 난주가 커서 애인을 데리고 다니는 모습을 보니 세월이 얼마나 빠르고 아빠가 얼마나 늙어가는지 새삼 느껴지더구나.

또 며칠 전에 새엄마랑 가을 단풍을 구경할 겸 드디어 대청봉을 정복하고 그 아름답다는 천불동 계곡을 다녀왔단다.

오색약수터에서 출발하여 다섯시간 만에 대청봉에 겨우 올랐는데, 흐린 날씨 탓에 대청봉을 뺀 다른 밑산들은 다 구름에 가려져 마치 비행기를 탄 것 같은 황홀한 경치였다. '대청봉 1708m'라고 쓴 기념비 앞에서 남들처럼 기념사진 한 장을 찍었으니 보내줄게.
대청봉에서 내려왔을 때 날이 어두워져 희운각 대피소에서 라면을 끓여 먹었다. 사람들 사이에 끼어 잤는데 코를 심하게 고는 몹쓸 아저씨 덕분에 별로 자지도 못했다. 날이 밝자 설악산에서 제일 아름답다는 천불동으로 내려왔는데 정말 아름답구나.
기기묘묘한 바위 병풍을 보니 정말 둘이서만 보기엔 아까웠다.

사랑하는 현주야

내 일 하느라고 너무 애쓰고 있구나. 하지만 건강하게 사는 것이 아빠가 먼저 바라는 일이야.

난 내 생애에 지금처럼 밥먹고 똥싸는 일 외엔 그저 남은 시간 밤이나 낮이나 새벽에나 그림만 그리면 좋겠다. 이번엔 내년 희수 전람회에 낼 작품을 끝낼 셈이다. 100호도 이틀이면 해낸다. 완성을 하지 못한 큰 크림도 완성하고 있단다. 언제 죽을지 모르는 나이라 한 점이라도 더 남겨놓고 떠나고 싶구나. 몸만 건강하면 되니까 가벼운 운동도 게으르지 않게 하고 있다.

그럼 돌아오는 새해, 검은 용띠 해에 용우, 수진이와 잘 지내고 네 건강에 특히 조심해다오.

임진년

나는 많이 울었다. 슬플 때도 울고 기쁠 때도 울었다. 그림이 잘못되면 화가 나서 울고, 잘되면 감동해서 울었다. 하지만 이제는 나이 칠십이 넘어서 웃지도 않고, 울지도 않고 마지막이 될지 모르는 단계를 담담하게 마감하고 싶다.

나는 화가 박수근과 살아 생전에 여러 번 만났다. 그는 생활고 때문에 어쩔 수 없이 그림을 호당 2,000원에 미국 관광객에게 많이 팔았다. 나도 대학을 졸업하고 직장을 구하지 못 했을 때 목판화를, 그것도 단원 김홍도나 혜원 신윤복 그림을 모방한 판화를 관광객을 상대로 1장에 1,000원씩 팔았다.
소학교 밖에 나오지 못한 박수근은 그때 누구나 하던 중학교나 고등학교 미술 선생을 못 해 그림을 팔아서 생활을 해야 하는 신세였고, 나는 대학교에서 교육학 과정을 일부러 이수하지 않아서 교사 자격증을 따지 못해 목판화나 해서 먹고 살아야 했다. 당시 박수근은 아주 소박한, 강원도 출신의 무골호인이었고 답답할 정도로 건실했던 사람으로 기억한다. 말수도 적었고, 술도 많이 마시지 않았다. 집에 돌아가는 길에는 신문지에 싸주는 군밤이나 고구마를 사들고 초저녁에 집으로 들어가곤 했다. 아마 학벌이 없는 화가를 업신여기는 풍토 탓도 있고, 선배나 동료들과 잘 어울리지 못하는 성격 탓도 있었을 거다. 지금 와서 생각하면 그림을 그리기 위해 일부러 친구들과 어울리지 않았을지도 모른다. 그 때는 아무도 거들떠보지 않았으나 몇몇 비평가와 화가 선후배는 박수근의 절제된 생활에서 나오는 그림을 인정했지만 그림을 살 돈이 없었다.
하지만 현재는 위로는 대통령과 정치인, 배우, 화가…… 아니 많은 서민, 중학생, 고등학생, 대학생, 아주머니 등 좋아하는 사람이 이렇게 많으니 얼마나 행복한 화가냐. 관뚜껑을 닫아야 화가의 진가를 알아본다더니 그 말이 옳은 것 같다.

설악산에서 가끔 서울에 나올 때면 나의 유일한 소일거리가 골동상을 둘러보는 시간이다. 비싼 것 싼 것 가리지 않고 내 마음에 드는 것을 멋대로 사다가 집에 그냥 쌓아 놓는다. 목기도 있고, 민속품도 있고, 도자기도 있고, 잡동사니도 있다. 가짜를 사기도 하지만 간간히 현대적인 것을 만나는 재미가 쏠쏠하다.

우리 목기의 매력은 무엇보다 그 비례감에 있다. 목기 수집이 내 작업에 준 영향이라면 조형적 안목을 넓힐 수 있었다는 점이다. 또 보자기의 색감과 비례감이 보여주는 현대적 감각에 감격했다. 몬드리안보다 훨씬 이전에 그렇게 기하학적이고 그렇게 창조적인 물건을 우리 조상들이 만들었음에 감탄한 것이다.

골동만 사려고 골동가게에 출입하는 것은 아니다. 가게주인과 한가롭게 이야기를 나누는 것도 내 취향이다. 지식인하고 대화하는 것보다 그 사람들과 나누는 대화가 훨씬 마음 편하다.

사랑하는 현주야

새엄마랑 제주도 서귀포에 내려와 하룻밤 신혼여행

기분을 내고 올라간다.

설악산 눈 내리는 물이 무섭구나.
여름에 애들이 수영도 하고 고기도 잡는 둑에 지나지 않는데 이렇게 힘차고 물살이 빠른지 몰랐다. 마치 평안북도 사람처럼 마음이 급하구나. 아니 나처럼 급하고 미쳐있구나.
바람 센 둑에 털썩 주저앉아 내가 마치 반 고흐가 된 것처럼, 아니 팔대산인처럼, 아니 김홍도처럼 비록 연필이지만 손으로 꼭 붙잡고 급하게 그렸다.

진정한 화가는 죽어서 살아난다.

예술은 길고 인생은 짧다는 말이 진부하지만 옳다.

진달래, 개나리가 마구 피어나고 있다. 자두나무 꽃도 참 곱구나. 이제부터 진달래 피는 모습을 이십 년 더 보면 아버지는 어쩌면 이 세상 사람이 아닐지 모르지. 죽음을 눈앞에 두었다는 생각을 자주 한다. 그래서 더욱 열심히 일하고 사랑하다 가려고 해.

에필로그

내가 유학을 떠난 1985년부터 아버지는 나에게 편지를 쓰셨다. 250통이 넘는 편지들에는 무명작가의 소회, 예술가의 환희와 고통, 가정을 지키지 못한 가장의 자책이 솔직하게 표현되어 있었다. 아버지의 편지는 내가 미대를 가게 된 계기를 만들어 주었고 반대로 내가 그림을 포기하게 된 가장 큰 이유가 되기도 했다. 아버지와 한집에서 같이 산 기억이 거의 없는 내가 아버지를 이해하려는 노력을 도중에 포기하지 않을 수 있었던 것도 모두 이 편지 덕분이다.

세상은 내 아버지 김종학을 화려한 색채로 설악산을 혹은 자연을 그려내는 유명한 화가로 보지만 나는 지독하리만치 고집스럽게 예술가의 길을 걷는 한 미련한 남자를 본다. 그리고 어느 순간 본인의 삶 자체를 '예술'로 승화시킨 아버지의 일상에 매일 감동한다. 올해 76세가 되신 아버지께서는 요즘도 작품생각에 밤잠을 설치신다. 아침 일찍 양복을 차려입으시고 스튜디오로 출근해 하루의 대부분을 작업하시는 데 보내시고 다시 작업복에서 양복으로 갈아입고 퇴근을 하시는 단조롭고

큰 손자 용우가 7살 때 그린 할아버지

도 단정한 하루하루가 아버지의 어떤 그림보다 더 대단한 작품으로 여겨진다.
유난히 할아버지를 따르고 좋아했던 아들 용우가 벌써 열다섯 살이 되어 고등학교 진학을 눈앞에 두고 있다. 아이가 자신도 할아버지와 같은 화가가 되겠다고 했을 때, 나는 아버지로부터 받은 편지를 아이에게 전해주기로 마음먹었다. 편지에 담긴 예술가의 고된 삶과 아픔, 인내와 외로움의 시간을 용우가 알아줬으면 한다. 그리고 이 책을 선택한 독자 여러분 역시 화가 김종학의 작품 너머에 있는 아프고 시린 감정에 공감하고, 내 아버지 김종학의 인간적인 매력에 빠져들기를 소망하며 소중한 편지를 세상에 내놓는다.

딸 김현주

도판 목록

01
겨울 설악 바다
1993, 캔버스에 유채, 80.3×100cm

02
김종학 화백이
아들에게 보낸 편지

03
김종학 화백이
아들에게 보낸 편지, 1992

04
김종학 화백이
딸에게 보낸 편지

05
김종학 화백이
딸에게 보낸 편지

06
김종학 화백이
딸에게 보낸 편지

07
김종학 화백이
딸에게 보낸 편지

08
김종학 화백이
아들에게 보낸 편지, 1992

09
김종학 화백이
아들에게 보낸 편지

10
김종학 화백이
딸에게 보낸 편지, 1992

11
김종학 화백이
딸에게 보낸 편지

12
김종학 화백이
아들에게 보낸 편지, 1992

13
김종학 화백이
아들에게 보낸 편지

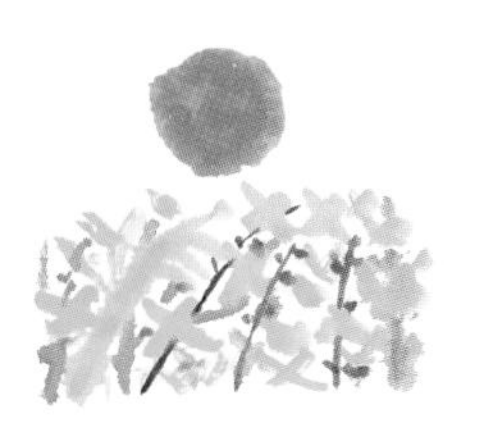

14
김종학 화백이
딸에게 보낸 편지

15
김종학 화백이
아들에게 보낸 편지

16
김종학 화백이
딸에게 보낸 편지

17
설악산 풍경
연도미상, 종이에 수채

18
거울 앞에 선 남자
1980, 12.4×10.5cm

19
양손
1983, 종이에 연필, 16×24cm

20
물총새
1994, 캔버스에 아크릴

21
할미꽃
2003. 캔버스에 유채

22
김종학 화백이
딸에게 보낸 편지

23
겨울 바다
2006. 캔버스에 유채. 117.4×258.5cm

24
꽃 잔치
1998. 캔버스에 아크릴. 61×73cm

25
겨울 들풀
2003. 종이에 연필. 크기미상

26
천불동
1975. 종이에 연필과 붓펜. 크기미상

27
김종학 화백이
딸에게 보낸 연하장, 1987

28
푸른 보리
1979. 종이에 수채. 35×49.5cm

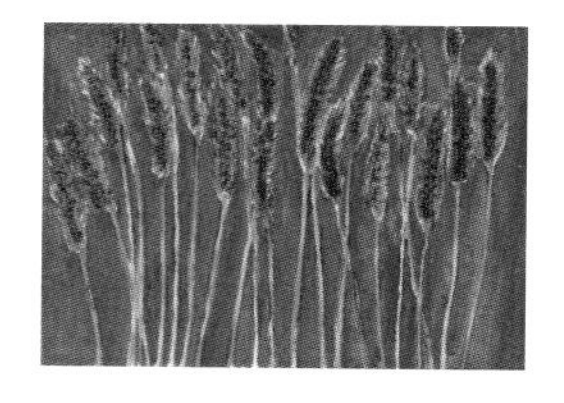

29
가족
1979. 캔버스에 유채. 64×80cm

30
화병
2007. 종이에 수채

31
숲
1985. 캔버스에 아크릴. 132 x 330cm

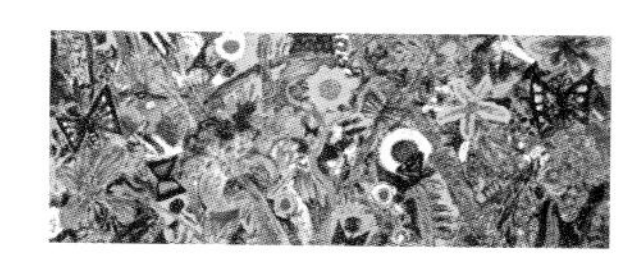

32
겸재 화풍 폭포도(토왕산 폭포)
1993–94. 캔버스에 유채. 16.7 x 72cm

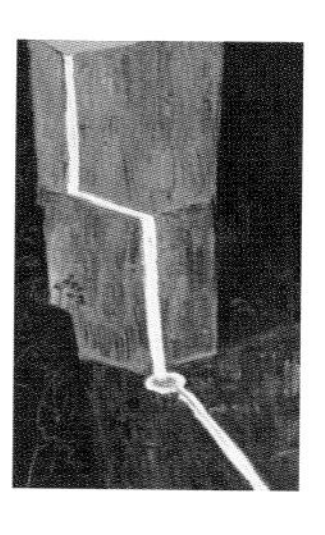

33
고송
2001–2002, 캔버스에 유채, 53×41cm

34
엉겅퀴
2001, 종이에 연필, 크기미상

35
폭포 옆 엉겅퀴
1992, 캔버스에 아크릴, 112×145.5cm

36
도시풍경
1978, 종이에 연필, 크기미상

37
맨드라미
2012, 캔버스에 유채

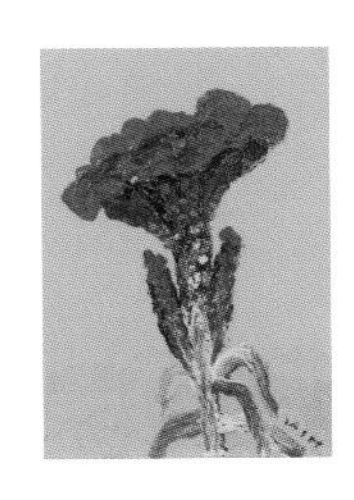

38
드레스를 입은 여인
1985, 종이에 수채, 94 x 63cm

39
여인
1986, 종이에 수채, 40 x 37.5cm

40
꽃밭
2006, 종이에 수채

41
설악 겨울 풍경
1979, 종이에 연필, 크기미상

42
일출
연도미상, 한지에 수채

43
설악 대청봉
1987, 종이에 연필, 크기미상

44
숲
1986, 캔버스에 유채, 194×330cm

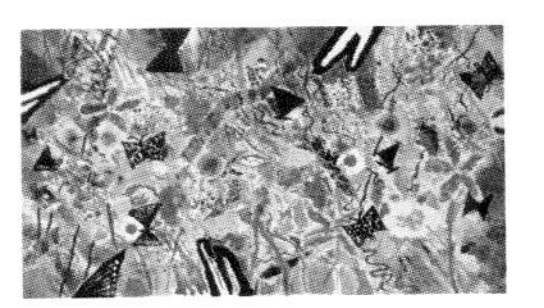

45

산사 풍경

1968, 판화, 크기미상

46

크리스마스 카드

1960년대, 판화

47

뉴욕 거리

1978, 수채화, 22.3×15cm

48

마른 들풀

1987, 종이에 연필, 크기미상

49

동해어화

1997, 캔버스에 아크릴, 91×219cm

50

들판

1987, 종이에 수채

51

들풀

1979, 종이에 수채, 크기미상

52

김종학 화백이

딸에게 보낸 연하장, 2006

53

설악천

2001, 종이에 연필, 크기미상

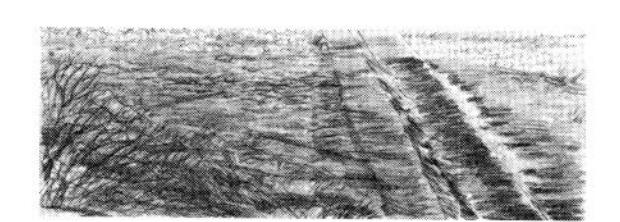

54

개울가

2012, 종이에 수채

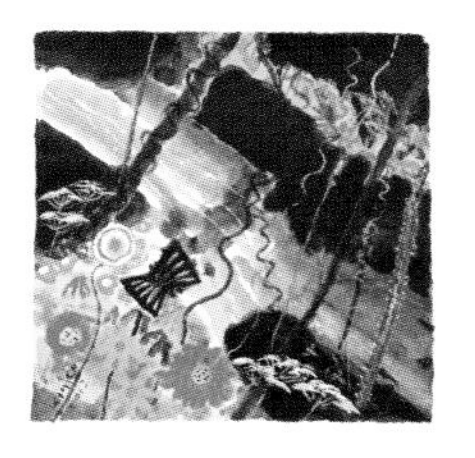

55

얼굴

1980년대 중반, 종이에 수채, 14×13.5cm

56

김종학 화백이

딸에게 보낸 편지, 2003

57
작가 사인
2012

58
신사
1977, 신문지에 먹, 29.5×37.5cm

59
깊어가는 겨울 설악
2001, 캔버스에 유채, 110 x 290cm

60
No.2(개나리와 달)
2006, 캔버스에 아크릴, 112×145.5cm

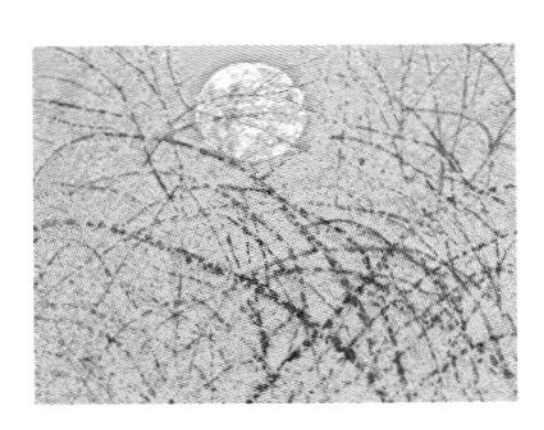

61
대청봉
종이에 붓펜, 연도 · 크기미상

62
No.13(가을)
2006, 캔버스에 아크릴, 91×290cm

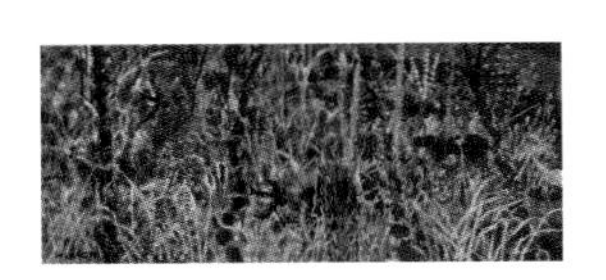

63
코스모스
1980, 마분지에 채색, 40.5×30.5cm

64
가을 석양
1980, 캔버스에 유채, 97×130cm

65
들풀
1977, 종이에 연필, 크기미상

66
가을
1980, 한지에 채색, 66.2 x 101cm

67
촛불
1975, 종이에 수채

68
No.4(철쭉산)
2006, 캔버스에 유채, 91×145cm

69
풀밭
1978, 종이에 수채, 크기미상

70
매화
캔버스에 유채, 60.6×72.7cm

71
설악 풍경
1979, 종이에 연필, 크기미상

72
호반새
1994, 캔버스에 아크릴, 150×400cm

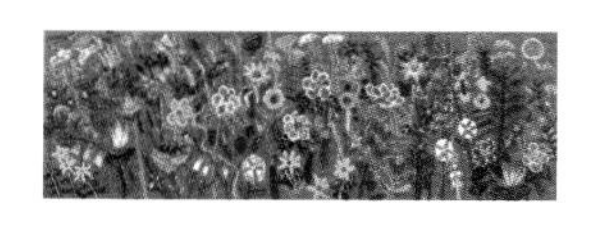

73
백화만발
1998, 캔버스에 유채, 79×229cm

74
맨드라미
2007, 캔버스에 유채, 80.5×130.5cm

75
잡초
1987, 천에 아크릴, 198.5×223cm

76
풍경
연도미상, 종이에 수채

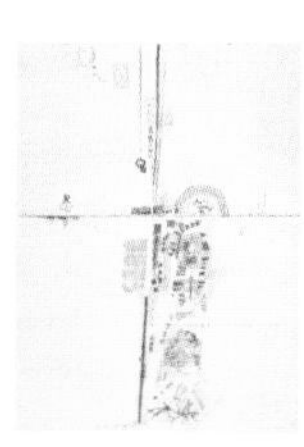

77
역사
1966, 목판화, 74.5×52cm

78
꽃밭
1979–80, 캔버스에 유채, 97×130cm

79
들꽃
1994, 캔버스에 유채, 65.1×53cm

80
일지매
2001, 캔버스에 유채, 53×73cm

81
여인 누드
1987, 종이에 수채

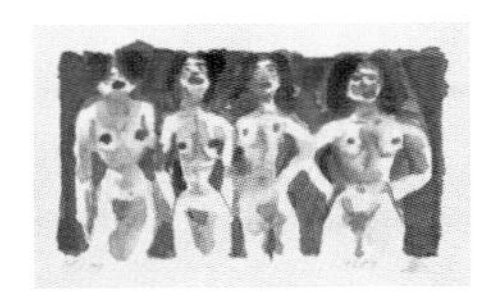

82
닭 나들이
2003, 캔버스에 유채, 73×100cm

83
설악산
종이에 연필, 연도 · 크기미상

84
김종학 화백이
딸에게 보낸 연하장, 2011

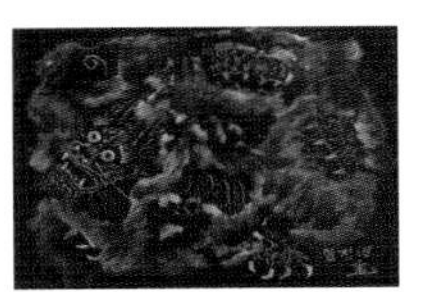

85
바다
연도미상, 종이에 수채

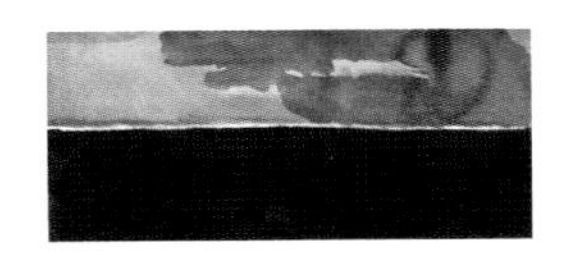

86
박수근
두 아낙네, 1975, 목판, 9.5×13cm

87
사방탁자
2011, 캔버스에 아크릴, 16.5×12.2cm

88
김종학 화백이
딸에게 보낸 편지, 1992

89
냇가와 생각꽃(설악산 풍경)
2002, 캔버스에 유채, 130 x 162cm

90
가을
1992, 캔버스에 아크릴, 161×536cm

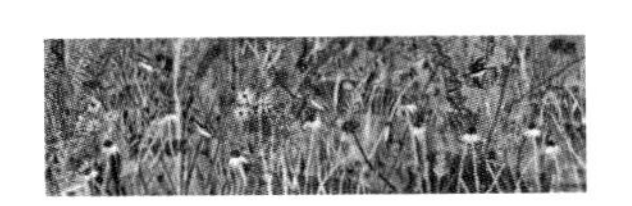

91
벼루 위에 스민 봄 기운
2008, 종이에 아크릴, 22.2×31.2cm

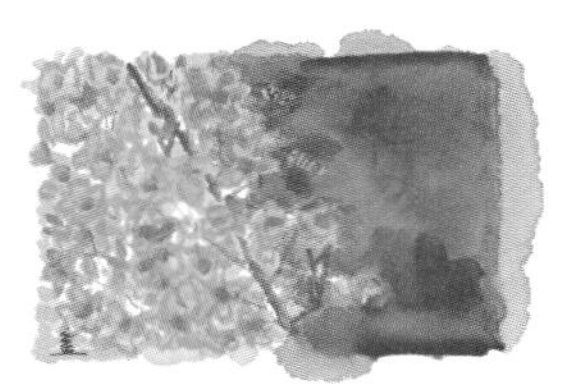

김종학 연보

김종학의 어린 시절

1937(1세)

와세다 대학 졸업생인 아버지 경주 김씨 계림군파(鷄林君派) 김의명(金義明)과 중국 남경에서 고등학교를 졸업한 어머니 장현숙(蔣賢淑) 사이의 2남 1녀 중 차남으로 평안북도 신의주에서 출생했다. 어릴 적에 신라 왕실의 대종(大宗)인 경주 김씨, 특히 그 본류인 계림군파에 대한 할아버지의 높은 자부심에 많이 세뇌되었다. 할아버지는 문예에 대한 남다른 식견의 소유자이기도 했다. "사십에 황제, 재벌, 장군이 될 수 있어도 화가는 예순이 넘어야 되고 시인은 일흔이 넘어야 된다."며, 그래서 "화가와 시인이 생명이 제일 긴 큰 길"이라던 할아버지의 말씀이 두고두고 기억에 남았다.

1940(4세)

미군 폭격으로 아버지의 고향인 평북 선천군 심천면 동림동으로 돌아왔다.

1948(12세)

북한 정권의 숙청을 피해 가족이 월남했다. 아버지가 일제 때 만주 일대에서 스탠더드 석유회사 판매독점권으로 큰 재산을 모았던 이력이 화근이었다.

1950(14세)

재동초등학교 6학년 때 담임선생으로부터 "머리는 좋은데 열심히 하지 않는다."는 질책을 듣고 스스로에게 채찍을 들었다. 경기중학교에 들겠다고 마음먹은 것이다. 잊을 수 없는 스승이었다. 뒷날 화가의 개인전 소식을 신문에서 접할 때마다 전시장을 찾아오기도 했다.

1956(20세)

경기고등학교를 졸업하고 서울대학교 미술대학 회화과에 입학했다. 미술대학 창설 이후 줄곧 학장 일을 맡았던 장발(張勃, 1901~2001)은 학생들로 하여금 전공에 관계없이 데생, 조각, 동양화 등을 다양하게 실습하도록 권장했다. 장우성(張遇聖, 1915~2005) 등에게 배운 동양화 공부에서 "붓은 뼈의 연장"이란 말이 인상적이었다. 전공인 서양화과에선 김병기, 장

육진의 수업에 열중했다. 특히 장욱진의 수업시간이 기다려졌던 것은 "잘 그렸다 싶으면 틀렸다 하고, 잘 못 그렸다 싶으면 잘 그렸다."고 말하곤 하던 스승의 훈수를 어떻게 받아들여야 하는지 모두가 궁금했기 때문이다. 조각과 김종영의 강의도 감동이었다. 미술이 사회에서 찬밥 신세인데도 모두가 그걸 삶의 전부인 줄 알고 외길로 달려온 스승들이었다. 재학 중 큐비즘을 흉내 낸 그림을 국전에 출품하지만 낙선했다.

1959(23세)
월남 이후 가정 형편이 어려워진 와중에도 이전에 아버지에게 신세졌던 분의 도움을 받아 대학을 다닐 수 있었다. 하지만 그분 형편도 어려워지는 바람에 4학년 1학기를 마치고 군에 입대했다. 일반병으로 강원도 화천군 제1사단에서 복무했다. 모처럼 세상과 담쌓고 지내는 시간이 독서하기에 더없이 좋았다.

1960(24세)
군복무 중에 육군 미술전이 열려 거기에 그림과 목조각을 출품해서 둘 다 최고상인 참모총장상을 받았다. 서울대 미대 시절 은사 한 분이 심사위원을 맡았기 때문에 최고상을 받았지 싶은데 확인하지는 못했다. 포상휴가를 받아 군복무 중임에도 친구 윤명로 등이 주도한 "60년미술가협회전"에 출품할 수 있었다. 미술에 소질이 있다고 군대 상사로부터 너그러운 후원을 받아 군부대 인근의 시골다방에서 개인전도 개최할 수 있었다. 상사들이 더러 사주기도 했다.

1961(25세)
대학 재학 중 입대한 사병들에게 수학의 편의를 준다며 정규 복무기간을 단축해 주는 학도병 제도가 생긴 덕분에 조기 제대했다. 남은 한 학기를 다니는 사이에 이전부터 출입하던 안국동 미술연구소를 다시 오가며 미술사조에 대한 궁금증을 눈동냥, 귀동냥했다. 연구소장은 서양화가 이봉상이었다.

1962(26세)
화가 김창렬이 주도한 '악튀엘' 동인모임 창립전에 출품했다. 1964년에 열린 제2회전에도 참여했다.

1963(27세)
국립중앙박물관 최순우 미술과장이 기획한 "판화 5인전"(1963.3.9~31)에 출품했다. 나머지 4인 가운데 강환섭을 제외한 한용진, 윤명로, 김봉태는 미술대학 시절 단짝들이었다. 최순우 전 국립중앙박물관장은 박물관의 중급 간부시절부터 이미 장래성 있는 미술가들을 격려하고 그들 작품을 세상에 알리는데 남다른 안목과 설득력을 갖고 있었다. "판화 5인전"은 국립중앙박물관이 개최한 최초의 현대미술전이었다. 그때 같은 기간에 역시 최순우가 주관한 '이조 문방 목공예전'(1963.3.9.~ 3.31)이 열렸는데, 거기서 조선시대 목기를 감동적으로 만났던 것이 나중에 목기 수집에 푹 빠지게 된 씨앗이다.

1964(28세)
서울 태평로 소재 신문회관 화랑에서 처음 개인전을 열었다.

프랑스로 가고 싶다 했더니 한 친구가 개인전을 열어 주고 뱃삯을 마련하도록 그림도 한 장 사주었다. 하지만 달랑 그것으로 유학 갈 형편이 아니었다. 파리의 랑베르 갤러리에서 개최된 "한국청년작가전"에 권옥연, 정상화, 박서보와 함께 출품했다.

1965(29세)
중앙일보가 주최한 "한국현대서양화 10인전" 그리고 제4회 파리비엔날레에 출품했다.

1967(31세)
제5회 국제판화비엔날레(일본 도쿄)에서 장려상을 수상했다. 일본 책을 통해 미리 그 동향을 짐작하고 목판을 찍어 보낸 결과인데, 한국작가가 국제 공모전에서 최초로 입상한 사례였다. 비엔날레 장려상을 받는다고 일본에 건너가서, 그곳 미술관에 소장된 명작 원화를 보고 감격했다.

1968(32세)
3월에 결혼했다. 이 해 여름, 일본 도쿄국립근대미술관에서 열린 "한국현대회화전"에 최연소자로 출품했다. 출품자는 박서보, 남관, 이세득, 곽인식, 권옥연, 유영국, 정창섭, 변종하, 전성우, 하종현, 최영림, 이우환, 이성자, 윤명로, 김상유, 유강렬, 김종학 제씨였다. 출품을 계기로 도쿄예술대학교 판화과에서 2년간 수학할 기회를 얻었다. 단원 풍속화 등을 모사한 목판화를 제작해서 호구했다.

1969(33세)
장녀 현주(賢珠)가 태어났다.

장녀 현주와 창경궁에서

1970(34세)
2월에 일본 도쿄 소재 무라마츠 화랑에서 개인전을 가졌다. 상자를 감싼 천의 양끝이 꼬인 채 서로 잡아당기는 입체미술을 선보였는데, 이에 대해 『요미우리신문』은 남북한 긴장상태를 표현한 것 같다고 평했다. 4월에 귀국했다. 귀국할 즈음 "너희 나라로 돌아가라. 네 산야(山野)에서 그림이 나온다."고 격려해 준 일본 화상의 말이 두고두고 기억에 남았다. 귀국 이후 인사동 출입을 통해 우리 민예품의 아름다움을 섭렵하기 시작했다.

1972(36세)
제2회 국제판화비엔날레(동아일보)에 출품했다.

1973(37세)
장남 홍석(泓錫)이 태어났다.

1974(38세)
릴리프 수채화를 중심으로 현대화랑, 일본 무라마츠 화랑, 미국 로스앤젤레스의 일본계 화랑(M. M. Shino)에서 개인전을 가졌다.

1975(39세)

제24회 국전 추천작가로 뽑혔다. 그 후 연이어 두 차례(25회, 26회) 더 지명되었다. 제13회 상파울로비엔날레에 입체파 작품으로 참가했다. 당시 백남준도 미국 대표로 참가해서 정원에 텔레비전을 설치하는 작업을 보여 주었다.

1977(41세)

서울 인사동에서 사간동으로 옮긴 현대화랑에서 판화 개인전을 열었다. 오이와 전구 등의 모양을 종이에 부조시킨, 현대미술 취향의 작품들이었다. 뉴욕 프랫 예술대학 그래픽 센터로 연수를 떠났다.

1979(43세)

뉴욕아트엑스포에 출품했다. 가정불화로 예정보다 앞당겨 10월에 귀국한 뒤, 설악산에서 칩거하기 시작했다.

1980(44세)

첫 아내와 헤어졌다. 서울에 나올 때 머물 수 있도록 형 김종하가 서울 강남구 방배동에 아파트를 마련해 주었다.

1981(45세)

애장하던 석조 보살상을 닮은 얼굴에 마음이 끌려 조신애(曺信愛,1947~)와 재혼했다. 혼담이 오갈 때 생활력이 없다고 처가 쪽에서 퇴짜를 놓았지만, 친구 윤명로 화백이 나서서 설득해 주었다.

1984(48세)

강원대학교 사범대학 미술교육과 전임강사로 취임했으나 교육 체질이 아님을 알고 8월, 2년 만에 사임했다. 그 시절 교수들에게 민주화를 갈망하는 학생운동을 저지하라는 정부쪽 요구가 견딜 수 없었기 때문이기도 했다. 1960년대 후반에 홍익대 공예과에서도 가르친 바 있으며, 1980년대 초반 시간강사로 있던 서울대학교 미술대학에서 퇴직하는 교수의 후임으로 오라는 권유도 들었지만 사양했다.

1985(49세)

서울 원화랑에서 꽃과 나비를 그린 수채화를 중심으로 개인전을 가졌다.

1986(50세)

서양화가 김웅과 예화랑에서 2인전을 가졌다. 이때 설악산 시대 화풍을 알리는 작품을 처음 선보였다. 추상화에 매달렸던 이력 덕분에 나비가 검은색이 되고 벌이 붉은색이 되는 자유

1970년 동경 무라마츠 개인전 작품 앞에서

분방한 그림을 선보였다.

1987(51세)
선화랑과 서울미술관에서 대작 중심으로 개인전을 가졌다. 국립중앙박물관에 그간 수집한 목기 300여 점을 일괄 기증했다.

1989(53세)
국립중앙박물관 기회전시실에서 연전에 기증한 우리 전통 목기의 특별 전시회(1989.6. 20~7.25)가 열렸고, 도록 『김종학 화백수집 조선조목공예』도 함께 출간되었다.

1988(52세)
박여숙화랑에서 개인전을 가졌다.

1990(54세)
선화랑에서 개인전을, 박여숙화랑에서 서양화가 오수환, 조각가 심문섭, 이영학과 함께 4인전을 열었다.

1992(56세)
1월에 박여숙화랑, 5월에 부산 갤러리월드, 12월에 예화랑에서 개인전을 가졌다.

1993(57세)
박여숙화랑을 통해 일본국제아트페어에 참가했다.

1994(58세)
1월에 박여숙화랑, 11월에 삼성금융 플라자에서 개인전을 열었다.

1998(62세)
갤러리 현대에서 개인전을 가졌다.

1999(63세)
부산 조현화랑에서 개인전을 가졌다.

2001(65세)
박여숙화랑에서 개인전을 가졌다. 예나르에서 평생지기인 조각가 한용진, 동양화가 송영방과 함께 "지우지예전"을 열었다. 대구광역시가 제정한 제2회 '이인성상'을 수상했다. 상금은 그간의 너그러운 후원에 대한 답례로 형에게 드렸다.

2002(66세)
일본 후쿠오카에서 재일 건축가 겸 화가인 이타미 준(伊丹潤)과 2인전을 가졌다. 11월에 이인성상 수상 기념전을 대구문화예술회관에서 개최했다.

2003(67세)
예화랑에서 개인전을 가졌다.

2004(68세)
6월에 갤러리 현대에서 "설악산의 사계" 개인전을 가졌다. 동시에 금호미술관에서 그림 제작에 영감을 많이 받았던 목기와

자화상을 들고 있는 김종학 『자화상, 2008, 캔버스에 유채(80.5×72.8cm)』

보자기 수집품 전시회를 열었다. 곁들여 화집『김종학이 그린 설악의 사계』(열화당) 및 수집 민예품 도록『김종학 소장품: 민예 · 목기』(갤러리 현대)를 출간했다.

2005(69세)
여름에 지인 내외와 함께 러시아 캄차카 반도를 찾아 비경을 구경하면서 수채화를 제작했다.

2006(70세)
5월에 가나아트센터에서 개인전을 가졌다. 7월 말부터 열흘간, 조각가 한용진, 동양화가 송영방과 함께 김형국 · 박정수 교수의 안내로 미국 몬태나 주 글레이셔 국립공원, 캘리포니아 주의 요세미티 국립공원과 포인트 로보스 주립공원을 탐방했다.

2007(71세)
6월에 부산 조현화랑에서 개인전을 열었다. 8월에 예나르에서 한용진, 송영방과 더불어 제2회 "지우지예전"을 열었다.

2008(72세)
가을에 대구의 예술동인 '윤동주사랑모임'이 주는 상을 받았다. 12월 중순 예화랑에서 자화상 등 40여 점을 가지고 개인전을 가졌다.

2009(73세)
5월 20일 생일을 맞아 서울 인사동 골목의 통인가게에서 근작 17점으로 특별초대전을 열었다. 민예품을 수집한다며 통인가게를 수없이 출입한 40여 년의 인연을 기념하는 전시회였다. 사진작가 윤주영이 발간한 현대 한국의 인물 100인의 초상사진집『百人百想』에 화가의 얼굴이 담겼다.

2010(74세)
1년 반 동안 경주시 안강읍 소재의 급월요(汲月窯)에서 제작한 성과물을 가지고 "김종학 · 윤광조 도화전"을 갤러리 현대 부설 두가헌에서 개최했다.

2011(75세)
3월 말에 국립현대미술관에서 초대 회고전(2011.3.29~ 6.26)이 열렸다.
5월, 김형국이 적은『김종학의 그림읽기』(도요새)가 출간되어 거기에 도판으로 실렸던 소품 그림들을 보여주는 출판기념전이 서울의 두가헌, 이어 부산의 다운타운 갤러리에서 열렸다.

자화상, 2001, 종이에 연필, 13.5×19.5cm

*이 연보는 김형국의『김종학의 그림읽기』(도요새, 2011)에서 발췌하였다.

들꽃이 핀 미국 글레이셔 국립공원의 로건패스에서
수채화 그리고 있는 화가의 뒷모습, 2006 ⓒ김형국

김종학의 편지

초판 1쇄 발행 | 2012년 4월 30일
초판 2쇄 발행 | 2012년 6월 25일

지은이 | 김종학
발행인 | 이상만
발행처 | 마로니에북스
편집진행 | 김우진·정인경·정수진
디자인 | 이정민·성연미
마케팅 | 임철우·남무현·안상현·김수환

주 소 | (413-756) 경기도 파주시 교하읍 문발리 파주출판도시 521-2
전 화 | 02-741-9191(대) 02-744-9191(편집부)
팩 스 | 031-955-4921
등 록 | 2003년 4월 14일 제 2003-71호
ISBN | 978-89-6053-234-2

도서문의 및 A/S 지원
마로니에북스 홈페이지 | http://www.maroniebooks.com